倒叙时光

程 度 著

中国市场出版社
China Market Press
·北京·

图书在版编目（CIP）数据

倒叙时光 / 程度著. -- 北京：中国市场出版社有限公司，2022.7
ISBN 978-7-5092-2214-0

Ⅰ.①倒… Ⅱ.①程… Ⅲ.①诗集-中国-当代 Ⅳ.①I227

中国版本图书馆 CIP 数据核字(2022)第 068558 号

倒叙时光
DAOXU SHIGUANG

| 著　　者：程　度 |
| 责任编辑：张再青（632096378@qq.com） |
| 出版发行：中国市场出版社 |
| 社　　址：北京市西城区月坛北小街 2 号院 3 号楼（100837） |
| 电　　话：(010) 68024335/68021338/68022950 |
| 经　　销：新华书店 |
| 印　　刷：成都兴怡包装装潢有限公司 |
| 规　　格：145mm×210mm　　32 开本 |
| 印　　张：9　　　　　　　　字　　数：227 千字 |
| 版　　次：2022 年 7 月第 1 版　　印　　次：2022 年 7 月第 1 次印刷 |
| 书　　号：ISBN 978-7-5092-2214-0 |
| 定　　价：58.00 元 |

版权所有　侵权必究　　印装差错　负责调换

序言
Preface

  时光,漫不经心地前行,流水般消逝,我没有挽留,也无法挽留。选择顺从,但并不默认为认输。换位思考,我决定从一首诗进入,用文字搭建一条时光隧道,来回穿梭,回到初始,找寻走失的童真。成长路上的点点滴滴,中青年时期的迷茫和外出打拼的一道道印痕,都化成诗行,汇入我的第二部个人诗集《倒叙时光》。

  为自己的诗集作序,觉得没什么可写,太用力太张扬的东西,大多都是虚张声势的,我的诗歌就摆在这儿,是半斤还是八两,任由读者评说。生活越接近平淡,诗意越发浓郁,本诗集中的200多首短诗,大多以时间为序排列,穿插一些陈年往事,琐而不碎,杂而不乱。当然,不可能像散文那样,详细地记录我的成长和生活经历,我以诗化的镜头,记录生活的瞬间。也许是年老的缘故,大多数的诗都离不开对童年、青少年时期的追忆,主题多是乡情、乡恋,以及写不尽的乡愁。

  在我的修辞里,基本上没有"引用"一说,故在我的诗歌里,没有所谓的名人名言,也没有一个诗句与他人雷同。原创诗歌,不大可能做到句句精彩,但求每首诗歌能有一二个短句,让读者感到舒心，萌生新景，那我就心满意足了。

时光是清浅的，清浅到可以听到呼吸的声音。闲暇时，我开始喜欢起孤独的冷板凳。忧郁的冥思，迷离的眼神，还有那无奈的苍茫，我尝试用这些素材遣词造句。

曾经悠闲的午后，翻看一本闲书，或者泡一杯故乡的农家清茶，这茶的枝叶在没有经过任何加工之前，外表略显粗糙，粗糙到能闻到茶农的憨笑。然而，待我放进滚水里细观，却惊奇地发现，一片片叶子由细小到舒展的完整度竟是如此完美，细品，清香甘甜，碧绿得清澈，鲜艳而透明。还记得，遇见一朵小花的绚烂，它倔强地生活在杂草丛中，不屈不挠，多么顽强的求生精神，虽然只是生长在贫瘠、人烟稀少的地带，然而却始终不放弃绽放属于自己的美丽。我真的不知道它叫什么名字，那么就为它取名为"无名花"吧。无名花，花开天涯，遇见的一瞬间，就让我明白，无论生活在何时何地，都不要忘记自身的价值，这，是我创作诗歌的源泉。

当他乡的天空，有一只倦鸟飞过的瞬间，你有没有发自内心地叹息几声；当你心力交瘁的身影，靠在壁墙上像睡眠一样平静的时候，你有没有被现实击溃的心事？食着人间烟火，我会捕捉、摄取生活本身的诗意。

潺潺的溪水反映了农家生活的风格，是那么的悠闲自在，欢乐愉快。溪水的声音，是那么的清脆悦耳，那么的婉转动听。水里的石子，五彩斑斓，各具风韵，还时不时能看见活蹦乱跳的小鱼。羡慕农村的孩子，可以经常赤着脚丫下水嬉戏。我向来喜欢乡下的慢生活，喜欢男耕女织、鸭鹅戏水、鸡鸣狗欢，当然，也喜欢城市的快生活，喜欢车水马龙、人声鼎沸、繁华的闹市。而我诗意的快门，永远聚焦社会的底层，为弱者呐喊。

对于那些老去的亲人、邻居、学友，以及那些老掉牙的故事，我都会时不时地翻出来晾晒，把其留下的温暖和味道，反复咀嚼。最牵挂那些失传的民间技艺，最惦念那些有一技之长的老艺人，篾匠、石匠、雕刻匠、纸马匠，如皮影戏一样，在我的脑海里轮番上演。

没人知道，我家的阳台，是一个诗意飘香的小书房，我常常在此静坐、观景、养花、种诗，尽情挥洒闲暇的时光。迎着习习凉风，四处弥散开来的恬静，如一曲令人怦然心动的旋律，时光也在这里变得格外柔软，空气中忽的满是令人流连忘返的芬芳，诗意随即盎然起来。

我能体会到，大多数的诗人都是寂寞的，若没有寂寞，他们也许写不出诗来。人在心如止水的时候，总是很自然地过着日常生活，当然无所谓诗。但是很少人能够长久保持这种心情与常态化的生活。过往的回忆、未来的冥想、天时人事的变迁、花开叶落、暮雨朝云，这一切都像微风拂水，波平浪静，惹不起人们心情的颤抖。但对于诗人来说，这些细微的变化，层叠堆积起来，就需要寄托，需要抒发。多愁善感的我，更是如此。诗的意境、意象、主旨，总要在经历时间过滤以后，酒酣人散，或室暗灯枯，才会突发诗潮，意聚笔端，神凝纸上，书写红尘，解剖自己。

试问，是不是有些失去，是一种永远的获得；有些伤感，是一种永远的欢喜；有些怀念，是一种永远的追求。在茫然落泪的那一刻，我突然明白，原来遗忘，是一种刻骨铭心的成长！我爱诗，就是我要用一辈子来遗忘的事。

在写诗的路上，我遇到许多的贵人，如佛山作协的吴国霖副主席，是我的微信好友，未曾谋面，却为我加入作协和诗集出版提供许多的便利；中国作协会员张泽欧，给我的诗歌提出了许多的修改建议，并把我的诗歌举荐到各级报刊；湖南作协会员伍培阳，是我多年的博友，我发在新浪博客的每一首诗歌，他都翻看过，也点评过；邵阳县作协副主席刘博华，热情地邀请我到县作协群写同题诗，给予我许多的支持和鼓励，还有夏启平、刘振华、张冬平、若云、尹志军、龚红霞等，这样的贵人有很多，不胜枚举，在此一并谢过。

  时光匆匆，夕阳已逼近黄昏，我只好搁笔，草而序之。

程度
2021 年 8 月 19 日

目录 Contents

第一章　回乡偶书

回乡偶书　　　　　　　　　　003
三月桃花红　　　　　　　　　005
春回坳上　　　　　　　　　　006
坐在你身边看云　　　　　　　007
四月冷雨　　　　　　　　　　008
故乡的路灯　　　　　　　　　009
谷雨，丝绸般软滑　　　　　　010
遗　产　　　　　　　　　　　011
昙　花　　　　　　　　　　　012
长袍短褂的老院子　　　　　　013
倒影中的你　　　　　　　　　014
五月的河伯岭　　　　　　　　015
牛头寨　　　　　　　　　　　017
童年糗事　　　　　　　　　　018
遇见月光下走失的自己　　　　019

古铜色的脊背	020
隧　道	021
画外音	022
泡在茶杯里的夏天	023
山村恋歌	024
去暑帖	025
等　你	026
灵魂深处的你	027
月下饮	028
老院子的秋天	030
窗外的小鸟	031
半个甲子的旅途	032

第二章　紧握乡音

时光锈迹	035
江上帆影	036
风打南边来	037
三月漫想	038
踏　青	039
油菜花，春天的花事	040
乡下庄园	041
春雨赋	042
叶芽记	044
石头沉浮录	045
春　耕	046
田野之歌	047

故园，紧握乡音	048
夕阳染红渡口	049
三月的节拍	050
你从一句农谚里走来	051
坐在山的掌心	052
草尖上的蜗牛	053
校园，腾起琅琅的音韵	054
从一朵花开始	055
你的翅膀，驮着溪流	056
回望青葱岁月	057
月钓夜行人	059
故乡的映山红	060
远山藏着一瓣梨花	061
一条山路到坳上	062
葵花简史	063

第三章　初夏的晨曦

被风吹落的黄昏	067
漫步龙江天湖森林公园	068
茧，时光的疤痕	070
四月影像	071
仰望碎落的月色	072
斗笠上的星光	073
蛙鸣，初夏的田园	074
风在暗处嘀咕	075
瓷缸里的莲	076

挂在枝头的白手帕	077
背井离乡的人	078
春的残影	079
站在时间和风的缝隙里	080
春风辞	081
水煮时光	082
人间的蜗牛	083
密码锁	084
犁铧翻耕的记忆	085
写在脸上的晴雨表	086
年　轮	087
风吹五月	088
心中的山水	089
初夏的晨曦	090
河伯岭，一束花俯视群山	091

第四章　乡愁又起

佛之手	095
掐熄炊烟的村寨	096
立夏时节	097
乡村遐想	098
以母亲节的名义	099
夜听锦瑟	100
真金白银的夏天	101
挽起五月的夕阳	102
惦念远方的人	103

麦子熟了	104
此生活成一把木椅	105
风中的牧羊人	106
夜　渔	107
陌上花开	108
宰牛那天出生的人	109
夏日花语	110
龙江的早晨	111
雨中，乡愁又起	112
荷塘点亮一盏绿灯	113
在春夏的界碑处	114
向往粗茶淡饭的乡居	115
种牡丹	116
翠绿的小满	117
揪心的玉米地	118
逆行夫夷河	119
窗台上的一只猫	120
万民祭谷神	121

第五章　夏夜旧梦

黑白之间	125
怀中的蔷薇花	126
月亮下的童年	127
岁月留白	128
在绝壁上耕云种雨	129
讲故事的老人	130

蝉鸣夏夜	131
芒种，麦浪停止了摇曳	132
六一，和孤独的童年合个影吧	133
夏夜旧梦	134
故乡的小河	135
火焰的本色	136
岁月里的一条青藤	137
桑园围之春	138
家住龙江	139
离别，烟雨正蒙蒙	140
回乡插秧	141
绿茶，水中的春天	142
夕阳下玩沙雕的少年	143
致敬高考	144
端午，粒粒粽香	145
多少夏花绚烂了时光	146
给夜晚添一条羊肠小道	147
高考以后	148
流星滑过的一刹那	149

第六章　山村即景

山村即景	153
想与大象结伴	154
寻觅天真烂漫的你	155
六月的风	156
唤醒凝固的时光	157

山村的孩子	158
父亲节	159
夏夜掠影	160
新来的打工妹	161
难忘的野炊	162
逛一逛疫情中的菜市场	163
雨珠滴落在窗沿上	164
傍晚是一种重叠的抒情	165
风吹着沙滩	166
抵近七月	167
晚风吹过来	168
在霞光里摇橹起航	169
乡间小路	170
开　悟	171
父亲的絮叨	172
纸上人生	173
路过人间	174
沐心术	175
命　运	176
琴声瑟瑟	177

第七章　穿越黄昏

仰望一棵参天大树	181
半　途	182
雨落经年	183
消失的河流	184

低于尘埃的沙子	185
七月花	186
一些虚拟的事物	187
不再错过你	188
望穿一池秋水	189
不再沉默	191
欲借一朵白云	192
纸上旗袍	193
看医生	194
月光谣	195
阳台旧影	196
半张烧饼	197
穿越黄昏	198
一弯明月照北湖	199
惊　鸿	200
我替姐姐长大成人	201
顺着雨水游回云里	202
八月风光	203
酝酿一场秋雨	204
丢失的记忆	205
浅　秋	206
垄上背影	207

第八章　秋日私语

写意菊花	211
七月半，我啥也没说	212

老院子的狗宝宝	213
为秋天鼓掌	214
望断了乡关	215
坳上秋色	216
秋天的花坛	217
心中那朵莲	218
秋日私语	219
秋风拂过老院子	220
老天打了个喷嚏	221
大致如此	222
祖屋里的石磨	223
风　铃	224
童言无忌	225
叩开吉祥之门	226
你在画中	227
秋风轻轻地吹	228
捕捉诗歌的意象	229
九月的校园	231
夜深听虫鸣	232
稻草记	233
落单的雏鸟	234
父亲，从梦里回来	235
炊烟豢养的云朵	236

第九章　一袋小米

放牧草原	239

老院子的黎明	240
乡下的月光	241
磨刀石	242
第37个教师节	243
筑路的扶贫干部	244
风中的秋千	245
牧羊人和他的羊群	246
垂钓流年	247
落叶季	248
一些同行人	249
塔　吊	250
中秋月	251
浇几间仿古的青铜屋	252
金秋十月	253
晒谷坪	254
冷藏的眷恋	255
白茫茫的黄昏	256
年关，雪煮的乡愁	257
老屋后的竹林	258
读　秋	259
坳上的老院子	260
关于你	261
秋天的酸枣树	262
对　弈	263
在夜色中行走	264
丹桂飘香的夜晚	265

瞻仰无名烈士墓　　　　　　266
一袋小米　　　　　　　　　267
郑州抗洪英雄赞　　　　　　268
共庆建党100周年　　　　　269

「第一章／回乡偶书」

倒叙时光

剧郁时光

馥郁的芬芳
在日子里消融飘散
一叶诗筏
在雨中搁浅
我不该误入桃园
用一支秃笔
描摹
满地落英缤纷

回乡偶书

老街,从梦的边缘
穿过青石板,在夕阳下
敞开臂膀,拥抱
披头散发的老街坊、陌生的异乡客
几滴冷雨,打湿街头的小庙
庙祝点上灯,让菩萨相认
说出我祖宗的姓氏

记忆中敲梆子的人,终身未娶
以酒续命,至今下落不明
回家的小巷,熙熙攘攘
地摊摆着故乡的四季,我见缝插针
挤过去,便徒添一个年轮

新楼与老屋勾肩搭背,院中的花草
飞上瓦脊,那棵魁梧的香樟树
挤成干瘪的带鱼,大门口
一把旧锁,用斑斑锈迹
彰显,古镇的古朴

倒叙时光
DAOXU SHIGUANG

儿时的玩伴，相逢在晨曦的水岸
他用手中的拐杖，帮我
打捞，童年的倒影

三月桃花红

春天，枯萎的旧伤疤
再次皲裂，血液奔涌偾张
在光秃秃的枝头，凝结
一朵朵殷红

花蕾上的晨露，被暖风吹干
你的泪眼，不再蒙眬
红唇吻别的时光，交给蝴蝶采集
阳光穿过桃林，跳进蜂巢

我们在春天重逢，桃花正艳
开在你的眉角，飘洒在我的胸前
燕子蹁跹，水流潺潺
月光露出半张脸

馥郁的芬芳，在日子里消融飘散
一叶诗筏，在雨中搁浅
我不该误入桃园，用一支秃笔
描摹，满地落英缤纷

春回坳上

远山逶迤,如纸马匠扎的纸马
水墨般的蹄痕,缥缈的鬃毛
神明,住在荫深的旧庙

微醺的猎人,扛不动那间小木屋
点燃,瓦脊上的铜烟斗
弯弯的呼噜

早炊紫烟,支起天幕
草木衣着单薄,正在晨光里沐浴
地脚云,大山的遮羞布

回到坳上,撞见燕筑新巢
听见自己的童年,在云朵里啼哭
踩碎,一柄开伞的蘑菇

万绿丛中,油菜花舞动水袖
献出十里金黄、三千绫罗
恭迎,久违的少主

第一章　回乡偶书

坐在你身边看云

云从山脚涌上来，抬高了山坡
我与你，坐在云霄
羔羊，在你的怀里撒娇
学会了啃草，奔跑
我有点累，还想靠一靠

仿佛在天上驰骋，白云
掩埋了马蹄，晚风开始倒叙
一根古老的牧鞭，扬起
打着响鼻，它在放牧
谁的恋情

天瓦蓝，风和暖
羊群在半坡上追逐着斜阳
涂鸦一些岁月的符号
我看着云，云看着你，你看着我
你的白发，拂过我的鬓角

四月冷雨

用檀江清泉,擦亮坳上所有的松针
在荫深的北坡,缝缀
两块旧补丁,父亲佝偻的背影
在草尖的露珠中浮现
母亲捣衣的棒槌,敲落半树秧李
定格,那年酸涩的暮春

四月,在回暖中陷入春寒
桐子花白得刺眼,裹着
祭坛上的寒食,清明的冷雨
洒向墓碑,打湿荒冢
顺着风的走向,再洒三千里惆怅

向着坟头,添一锹新土
却无法盖住昨日,揪心的疼
野草漫过碑顶,遮不住
石头上镌刻的记忆,纸灰翻卷
引燃爆竹,我的身后
一群黑色的蝴蝶,掀翻雨帘

第一章　回乡偶书

故乡的路灯

箭在弦上,归心已抵家门
不必等待星星眨眼,月亮穿过云层
那个手提萤灯赶路的人,高一脚
低一脚,忽远忽近

这条拓宽的村道,我闭上眼
也能走过五里,而今
一串串太阳能的灯,向着村外延伸
熟悉的山水,尽收眼底

村头犬吠,继而鸡鸣
夜深人静时分,游子归乡
还是那棵歪脖皂荚树,挑灯相迎

巷子深处,路灯闪烁
多像前些年,倚门而立的母亲
睁开,远眺的眼睛

谷雨，丝绸般软滑

在清明的山水之间，漫步遛弯
拐角处，一阵风掠过栅栏
直抵，谷雨的门槛

草尖上的朝露，丝绸般软滑
加粗、加密的一缕缕雨丝
织成暮春的绿帘，花毯
铺向，初夏的殿堂

我在堂中，把酒临风
与你品一品时令的平仄、清香
饮下心旷神怡、乡情乡恋

而后，隐于一滴雨中
听春雨润物、禾苗拔节、燕子呢喃
读一棵稗子的回忆录，读它们
即将逝去的春天

遗　产

偏爱种葱蒜，独坐田埂上
唾沫卷喇叭烟，新衣不沾黄泥不舒坦
偏爱辛辣的日子，柴火饭
大碗茶、烧酒、一把花生米
独饮，子夜的黑

偏爱落日、残雪
蓑衣上的土语，让一张破斗笠
披星戴月
偏爱冷板凳翻皇历，掐手指
算不出自己，此生所剩无几的晨昏

以上所云，打包成遗产
交给我处置
我跪在父亲的灵位前，签字画押
摁下，我所喜欢的
孤独的指纹

昙 花

入暮,隐身人轻叩窗棂
送来一场小雨,像你喜欢的轻音乐
时断时续,我是唯一的听众
独坐冷板凳,听到
雨在瓦片上栽花

笔和纸,在案上踱步
一首春天的短诗,与你隔屏相望
来不及分行,电话响了
笑声如蜜,直播中我闻到
你在彼岸的芬芳

我已含苞,在笔尖吐露心声
一瓣一瓣地说出,关于昙花的故事
把自己一层层剥开,让你见证
至暗的时刻,最冷的枝头
我在子夜盛开

长袍短褂的老院子

半匹本纱布,一个老裁缝
花镜里扯出线,用布条做纽扣
如木匠,巧用榫卯法
剪刀生了锈,用油灯烧,用门牙咬
打个死结,扎紧领口
褂子、短衫,都是爷们的新衣服

父亲穿旧了给大哥,大哥捅破了
给二哥,二哥长高了给三哥
两个小姐姐蜷缩墙脚,嘀嘀咕咕
我是老幺,褂子当长袍
短衫做被窝

我伸一伸腿,踢疼千疮百孔的老爹
翻过身来,缩缩脚
我听到,娘在梦里喊冷

倒影中的你

抵近五月,翻开那条小河
看到水上的真实,与水底的虚幻
全都在梦境里沉迷
静谧的夜,河水停止了呼吸
涟漪不再漫溢,只剩下记忆里的你
演绎童真

心绪从遥远处返回,月光掠过荒漠
映照,童话里的渡口
小木船载着两只花喜鹊,飘入芦苇荡
捞起一堆懵懂的苍烟,浇灌羞涩
你我的倒影,在微波中恍惚

恍惚中长大成人,各奔西东
我悄悄地离开你的水岸,只为
放生,一条锦鲤

五月的河伯岭[1]

仰望五月，河伯岭又长高了半截
我千里奔袭，乘风而来
与你揭开，一座山的巍峨
幽深的面纱

沿着，铺满花草的山路
蚂蚁般攀爬，漫山遍野的竹笋
诱惑你的味蕾，吃下去
你就可高风亮节

峰回路转，撞入眼帘的映山红
在崖壁上跳舞，看它们点燃火把
染红天际，雷鸣般的掌声
跌落成溪涧的瀑布

我们在蘑菇伞下，采摘童趣
你要紫红，我给紫红

---

[1] 原名吴王岭、五马岭，在湖南省南部。方言谐称河伯岭。

倒叙时光
DAOXU SHIGUANG

你要鹅黄，我不给粉白
故乡的山水，能给你所有眷恋的颜色

牛头寨

白生生牛头的骸骨,系在横梁上
高过,祠堂历代的先宗
牛角盛喜酒,宴宾客
荤的素的,全在土地上蓬勃

巫师在树梢演绎八卦
观叶脉上的蝎将,大战蜈蚣
从一本残破的旧书中
翻寻,小后生发过毒誓的婚书

佳期如风,顺水而来
爱的小船儿,泊在花团锦簇中
新人旧友,赶往荷叶包裹的吊脚楼
婚庆的彩灯闪烁,满堂笙歌

牛头寨,守着生死相许的契约
一辈辈男丁,活成了顶梁柱
每一个开花结籽的女人
都,熬成了祖母

童年糗事

脚趾头挨地,我就长大成人
童年,不属于我
你穿开裆裤的时候
在后山的鼠洞里逍遥快活
从伙夫干到将军

可否记得,那些酸酸的糗事
在檀江钓虾摸鱼,偷自家的红薯
隐于旋水湾吃流水席

你对着庙里的菩萨撒尿
我抽了你三马鞭,并五花大绑
然后,关你半天禁闭

大黄蜂吻了你的额,你痛得打滚
如今活得,像一棵老棕树
剥了一层又剥一层,整日里抱着孙儿
左搂右亲,乐呵呵地从不喊疼

第一章　回乡偶书

遇见月光下走失的自己

叶捧着朝露，花沐浴阳光
一朵云躺在风的怀里，轻诉悄悄话
垄上的老牛，啃着嫩草

倘若，能在今天邂逅那年的六月
荷花不会再开，迷途的羔羊
也会沿着堤岸回来

草木凋零的地方，月瘦如霜
撂荒的路，残留脚印两行
春与秋未曾谋面，却互生暗恋

我试着挤入如潮的人流
只为与你再次擦肩，从不奢望
用一个回眸，拴住流年

我心里，藏着心高气傲的自己
在月光下走失，多年以后
又在寄人篱下的午夜，相拥而泣

倒叙时光
DAOXU SHIGUANG

古铜色的脊背

暑热,在卵石上支起炼丹炉
放牧鸭群的那位中年人,坐在沙滩上
将日子,佝偻成父亲的背影
他拧干汗渍渍的褂子,端坐在
烈焰丛中,蒸腾的火光
扑闪,伸出长舌

用毒日做烙铁,熨烫前额、臂膀
和脊背,烤干所有的汗水
熬过三伏,直达黄昏
一尊青铜铠甲,嵌与肉身
硝烟弥漫,散尽,古铜色的脊背
正扛着满天星月

一缕晚风,将檀江吹进邵水
我放学归来,蹦蹦跳跳
他站在鸭群中,向我张开双臂

第一章　回乡偶书

隧　道

钻木取火的人，钻穿泥土和岩层
一支火把冒着青烟，竖起耳朵
聆听，万物拔节的声音

你我沉于深渊，疏通地府的淤塞
背靠着背，熬过临盆的阵痛

一小截逆光，映照星光暗淡的穹顶
黑黝黝的胡同，正张开嘴
喊你回家

世界很小，蒙着眼睛
我依旧能找到那扇虚掩的门

画外音

太阳从牛角上滑下来,与牧童
在湖中捉迷藏,卷尾巴狗在岸上追蝴蝶
老牛摇着自带的蝇拍,踱出窗框

一窝巨大的鹅卵石,浮出了水面
夕阳给它们加温,继续孵化
浪花在石面上绘画,刚画出半个翅羽
一行白鹭,呱呱地飞落沙滩

小猫跳上窗台的时候,一条锦鲤
在半空打转,我忙于世俗
电子炉上的一壶黑茶,咕噜咕噜
正冒着白烟

这阵子我该洗盏,沏茶,捧一本闲书
等我的童年,拾起牧鞭
背着空瘪的鱼篓,踏月归来

第一章　回乡偶书

泡在茶杯里的夏天

月挂枝头，一把旧蒲扇
唤来几缕晚风，暑热
在壶中再次沸腾，像在等你
见媒婆，谈婚论嫁

几滴凉爽的夜露，落在睫毛上
化为青烟，我姗姗来迟
阵脚，被一段沉闷的蝉曲打乱

茶缸盛着喧嚣，不让白天插嘴
让几片墨绿的树叶，在水底翻爬滚打
你的茉莉、玉兰、山楂
在玻璃杯中盛开

迂回的风，窃走花前的悄悄话
那枚羞涩的月光，急匆匆关闭了门窗
夜色，浓如一盅黑牡丹

山村恋歌

太阳
把晨曦里的第一道吻
深深印在
大山的脸颊

继而
取一袭霞衣
轻轻地裹住沉睡在梦中的村寨
炊烟就醒了

飞来两只叽叽喳喳的小山雀
落在篱墙外
一边觅食,一边呢喃

恰如当年青梅竹马的你和我
隔山对歌
踩弯那条通往山外的路

去暑帖

蒲扇裹着旧风，漫不经心地摇
顺手，将夕阳撵出了墙角
点点星火，从铜烟管溜达出来
一盏煤油灯就亮了
炎炎的夏，随之消融了一半

惺忪的月亮，从水井里爬上来
湿漉漉地打坐在葡萄架
奶奶的纺车，在黑不溜秋的壁照上
吱吱地演皮影，我眯斜着眼
盯着萤火虫，提着灯笼穿过弄堂

三姑六嫂一边乘凉，一边家长里短
嘀咕，一风车的"风凉话"
我把余下的暑热，全都灌入
父亲，浸泡半生的茶缸

等 你

曾经,一张春天般的笑脸
被我写进了日记,每到夜深人静时
就拿出来默默地念

记不清,你从何时隐身我的梦中
仿佛,你从唐诗里飘过去
又从宋词里飞出来,薄如蝉翼

好比汪洋里的船,载着如血的残阳
直抵渡口,你挥着红丝巾
而我的所见,只是一羽断线的风筝

待到柳飞絮,还是不见筑巢的燕子
却掠过,一只落单的夜莺
咕咕的叫声,惊起一场梨花雨

这辈子除了你,爱我的人
大多已故去,如果你老无所依
我依然等你归来

第一章　回乡偶书

灵魂深处的你

人老了,少不了怀旧
譬如出生时盖的印花被
儿时看的皮影戏,还有木碗、石凳
以及你的青梅、我的竹马
谁愿将这些朽烂的家当
搬进新砌的高楼

但我还是忘不了渔鼓调
忘不了一阵狂风,从缺牙的嘴里喷出
一把旧二胡如鲠在喉
如哭如诉,我哼了一声
就挽住了故人的手
再哼一声,就赶走了余年的孤独

希望你藏得更深一些
不要在我的诗中露出破绽
哪一天我藏不住了,你就用以上事物
为我造墓筑坟

月下饮

一壶秋水,在黄昏里发酵
乐池,蓄满夜露
半树茉莉舒展水袖,在茶盏中群舞
一颦一笑

西风叩开空门,在官窑挑选瓷器
瘦马,驮着丝绸和银箔
踏碎了车辙,弄丢骑手的影子
故城,歌舞升平

单薄的月亮从檀江泅渡而过
额上,多了一道伤痕
举杯独饮的人,在对岸作揖
三分面熟

夜色渐浓,星星学会了眨眼
玩起了分身术,萤火虫
举起纸灯笼,被过客掐熄了一半
另一半在篱墙外晃悠

第一章 回乡偶书

你掐着手指，算了七七四十九遍
怀抱空杯，一宿无话

老院子的秋天

脸颊确实红了一些，堪比梁上
晾晒的一串辣椒
旧的伤疤，是新开的花朵
血，从花瓣上滴落

初秋的朝霞，迈着莲花步
涂抹，淡紫的口红
云在云游，满身汗渍
几只飞鸿趁着晨风，匆匆赶路

我不曾回家，风在门缝做了记号
老屋，吹走了一顶草帽
一把旧锁，用铜锈堵住唯一的小巷
井台，木辘轳纠缠了十八秋

村宴散场，我看见最后一个酒客
躺在餐桌下打呼噜，喝完那杯消暑茶
倒提着褂子，打着饱嗝
我在家门口误入迷途

窗外的小鸟

窗外的枝丫上,黑蜘蛛忙于结网
狩猎黎明,小鸟站在树杈上
站成,秋天的花骨朵

用长喙啄开晨露,梳理旧羽
风,穿过它嘶哑的喉咙
撞开,虚掩的木门

半簸箕的秕谷拌苞米,霞光般
抛撒在树荫下,它缓缓落地
从鸡的嘴角,分食一羹

村姑远远地盯着,手中的扫把
扬起又放下,像见到了久违的亲人
它,还以同样的眼神

我在窗内,打理半屋杂乱的文案
淘空了一阕旧词,用来安放
小鸟,驮来的秋韵

半个甲子的旅途

从山上下来时,我曾犹豫过
寻思,看见大海就回来
不曾想,这一去就枉费了半个甲子

没人告诉我海有多深,浪有多高
只见太阳沉落的那一瞬,海面上漂浮的
全是阿里巴巴洞窟的宝藏

眼花缭乱中,我拾起一个漂流瓶
看见苏武正在北海边牧羊,公羊不下崽
他,不可把家还

我杵在这儿很久了,累了,老了
常想着回营拔寨,试图用沧海桑田
拼凑一幅衣锦还乡

没有汉廷的符节,也没有肩扛背驮的行囊
我把白发染黑,装扮成当年的模样
立在村头,与你再叙宝庆土语

第二章／紧握乡音

倒叙时光

斑驳时光

地底的火
温暖田垄
烟岚飘出画框
蔬菜大棚
脱下棉袄
一束阳光跨过
沟渠天
愈显湛蓝

第二章　紧握乡音

时光锈迹

补锅匠蜷缩在街角，一声吆喝
被风堵了回去
他用最后一炉铁，缝补
城与乡的裂隙

修鞋匠正欲折腾一把旧铜锁
尝试，用锋利的钢丝
打开封尘的记忆
一不小心，刺破肉质的虎口

铲剪子磨菜刀的人，喝醉了
把自来水龙头当成酒壶
两只蝴蝶，从放大的瞳孔里飞出
他指缝里的时光，长满铁锈

他们，曾是我们的邻居
而今成了旧寺遗弃的一口破钟
不可再敲了
再敲，散架的骨头会隐隐作痛

江上帆影

风铆足了劲,荡开一条水路
夏天不再矫情,撒手西去
栈桥外的一张白帆,被夕阳染成紫红

沙滩上,几个撒野的孩子如一群野鸭
扇动雏翅,拨动着浪花
溅起一阵阵笑声,露出洁白的虎牙

我停靠在僻远的渡口,秋意
从上游奔袭而出,江面漂浮的残叶
在你的眉宇间起伏,颠簸

故乡把持着风向,一路顺风顺水
载着落日余晖,载着云卷云舒的清凉
孤帆远影,直抵天际

我在岸上远眺,站成一竿竹篙
听一江秋水,吟唱我们曾经唱过的歌谣
让我想起,江东秋天的美

风打南边来

风打南边来,行色匆匆
向阳坡上,他怀抱酣睡的小草
捂暖,寒凉的晨露
他抚摸过的石头,变得柔软
似有心跳

紧贴阳光,在花海中颠簸
孵化,放飞,追逐,粉嫩的蝴蝶
他吹响春的牛角,一行白鹭
从天而落,似漂浮的羊群
飘散又聚拢

斜立椿芽,他身披霞光
如镀金开光的佛陀,轻吻荷塘
点化垂柳、黄昏、野渡
他独奏长箫,与那云游的山岚
夜宿绿篱,月下对歌

三月漫想

春风吹来的时候，荼蘼
在芽尖上诵经，桃花满脸灿烂
枝头鸟鸣，解开了风衣
拨动，岸柳的丝弦

地底的火，温暖田垄
烟岚飘出画框，蔬菜大棚
脱下棉袄，一束阳光跨过
沟渠天，愈显湛蓝

半湾清流涓涓，微澜轻吻
漂浮的花瓣，坳上李花踮起脚
高举白帕，多情的蜜蜂
在油菜花的海波里，打捞金黄

借这些稚嫩的事物，装扮我
苍老的年轮，一个三月出生的人
匍匐大地，吞吐信子
我愿做，那条逶迤的春蛇

第二章 紧握乡音

踏 青

三月的阳光，夹杂着草莓味
天边淡淡的云彩，似村嫂
踏青的薄裙，早晨的风
穿过，门外的老槐树
把村前的石板路，又清扫了一遍

鸟语花香里，打情骂俏的姑婶
飘向田垄，沿着溪流
我缓缓地走了一程，坐在道旁的
石头上，看草长莺飞
一束鲜嫩的水牛花，绽放在我的舌尖
激活，我的味蕾

古镇的春天，一半是糯米做的
另一半是青青的野草，裹着浓郁的乡情
软绵、劲道、清纯，像那稚童
手里牵扯的风筝，忽高忽底
盘旋，在我儿时的梦里

油菜花,春天的花事

一块旧画布,风在上面画草
几滴雨,描出一条河流
温暖的阳光挥舞银锄,掘开黑土
掘出一畦畦淡绿,装扮
檀江岸边的老院子

着色太浓,金黄遮掩大半个田垄
所有的蝴蝶生了根,立在枝头
不敢挪步,所有的蜜蜂都做了义工
千万双巧手,穿针引线
在苍茫的大地上,编织锦绣

漫步花海,我等你回来
看我们种下的油菜,盛开,结籽
像年轻的孕妇,挺起肚鼓
然后,我们坐在榨油坊的铁碾子上
听春水,唠花事

第二章　紧握乡音

乡下庄园

檀江岸边，枳木绿篱
拴着一掌春水，湖鸭群中
几只野鸬鹚正在觅食，沙滩上
鸭蛋，鸬鹚蛋和鹅卵石
同时在阳光下孵化，一只毛茸茸的
小天鹅，竟然抢先破壳

坡下的栅栏，山羊羔子乜斜着眼
向着坳上撒娇，咩咩地呼唤
香椿树上淡绿的芽菜，老母亲
来不及采摘，叽叽喳喳的山雀飞累了
落在敦实的牛背上，暖阳
穿过槐树，映红父亲的脸庞
他，又沏了一壶新茶

满院畜禽，是父母晚年的玩伴
风雨飘摇的吊脚楼，在他乡梦里
盛开着，漫山的油茶花

春雨赋

舒缓，细密，连绵
千丝万缕，一针一线
缝补，龟裂的荷塘
欲把山河再搓洗一遍，涤除
寒冬的污垢

早行人在雨中穿行，燕子还没回来
风裹着阴冷，掠过蓑衣
水面荡着微波，鱼儿打个照面
不愿上钩

江南水乡，干涸的河床开始弥漫
烟雨中，水涨船高
渡口重归繁忙，飘洒的柳枝
长出嫩芽，几只嬉戏的野鸭子
划出芦苇荡

早春二月，万物复苏
灰蒙蒙的天空，不见久违的阳光

第二章 紧握乡音

一场春雨,用稀疏的韵脚
谱写,开年的序章

叶芽记

春,悄然而至
所有聆听的耳朵,都竖了起来
风,确实没有声音
一滴露水,滴在墓碑上
溅起细微的声响,于是坳上的畜禽
草木和石头,都有了身孕

碑下的母亲,睡得深沉
她不知道人间的春天,已悄然来临
一棵小草,从坟头破土
它芽尖蜷缩,嫩叶紧握拳头
向我挥动着小手,我应了一声兄弟
于是我的腹部,瞬间隆起

返家途中,一首毛茸茸的小诗
穿过逼仄的耳洞,我在阵痛中分娩
与所有的叶芽一样,坠地无声
它迎风而长,跃过春的篱墙
正在,阳光下撒野

第二章　紧握乡音

石头沉浮录

那时候，他铆足了劲
从火山口涌出来，憋得
满脸通红，直到汗水冷却，凝固
耸立成绝峰，他才打坐云上
笑迎春风，一缕山岚
穿过，他那响彻天际的呼噜

天崩地裂时，他在梦中
坠落山崖，摔断三根肋骨
一只乖巧的岩鹰，常来给他掏耳朵
额上的青苔，黄了又绿
一场突如其来的泥石流，将他
摁进深渊，从此不见行踪

遗忘中物转星移，水落石出
而今，他以盆景的名义
立在我的案头，每天与我饮酒
品茶、练字、写诗
写他繁衍的石子，再次崛起
登顶摩天大厦，在云端呼喊他的名字

春　耕

春寒料峭，桐子花还未含苞
父亲依然牵着老牛，走在
机耕道上，他那歪斜的脊背
弯过破旧的犁辕、牛轭和镰刀

牛穿皮靴，人打赤脚
给老牛的饲料，拌一勺食盐
让农夫嚼两根干红辣椒，辣出汗
辣出来的日子，不再冷了

种子，在牛蹄的印痕里破壳
娇嫩的秧苗，在父亲的体温里泛绿
犁铧，翻转的每一块泥土
都面朝春天

我紧随母亲，进了菜园
脱下棉袄，扬起老娘常用的银锄
一双进城写字的手，在故乡的田间地头
长出，通红的三月泡

田野之歌

铺开斑斓的袈裟,山雀吱吱地
拱破了袖子,春风从领口冒出头来
带着佛的余温,拂过旷野
大地和暖,萋萋小草出尽风头
用攒下的绿,镶嵌衣襟

村头,大片的金黄迎风招展
一群生根的蝴蝶,正在梳扮晨辉
种油菜的汉子,笑掉门牙
吐词不清,田埂上吃草的老牛
抬起头哞哞地喊了几声,汩汩溪水
应声,流进田垄

千万颗稻种,期待发芽
它们要赶在稗子泛绿之前,陈兵垄上
报幕的燕子,飞过檐角
布谷鸟抢过话筒,向着村外
敞开,叫春的喉咙

故园，紧握乡音

风在坳上迂回，打不开那把青铜锁
沿着，钥匙的锈迹
多走了五里，远望斜逸的皂荚树
墙头展露新枝，而我
两手空空，遁入一扇空门

紧握乡音，把盏的手不停地抖动
忐忑，像偷了祠堂的繁体字
私藏雕栏和石狮
井台上的木轱辘啊，你可记得
二十年前，我取水的倒影

族谱撕了封面，乡党的名讳
磨出茧子，新生的乳名墨迹未干
我们谈及婚嫁、丧葬
谈及爹娘生前的孤寂，我的故园
宛如，一张空空的轮椅

夕阳染红渡口

夕阳,从云翳里腾出手来
送走投林的鸟,送走
江面上最后的归帆,再送走
嘈杂的码头,和迎来送往的喧嚣
把仅存的温暖,披在
栈桥边,一条小狗的身上

它瘦骨嶙峋,望着江面
啃着寒风,像一截生了根的木桩
它已送走无数个黄昏,迎来
数不清的晨光,此时
它竖起耳朵,伸出长舌
依然,捕捉不到主人的归航
高翘的尾巴,托起落霞

夕阳下,它成了渡口
一尊鎏金的雕塑,借着水波的反光
它看见,一张白帆飘进瞳孔
正逆流而上

三月的节拍

从天而降的湖泊,白云漫舞
绵绵细雨,汇集的小河
把音阶,抬高了八度
沾满泥泞的琴键,掠过一双春燕
溅起水花,弹出新韵

桑叶上的春蚕,啃噬的声响
与采茶姑娘扭动的裙摆,聚合成
三月的节拍,忙碌中的蜜蜂
挑逗,枝头的蝴蝶
山歌情歌,拧成香脆的麻花

我的箫声已飘过竹海,你的喇叭
还在含苞,那就吹响牛角
在村头布阵,向着田野和河湾
为这份故土的清新、繁茂
踏浪而吟

第二章　紧握乡音

你从一句农谚里走来

穿过二十四个节气，你从
一句农谚里走来
佝偻、蹒跚，黝黑的皱褶
蓄满日子的尘埃

晨曦和暖，鸡鸣狗欢
挥一挥锄头，刨开一缕吱吱的炊烟
那双青筋凸起的手，再次结茧

吧嗒、吧嗒的老旱烟，冒出一圈
跑调的民谣，垄上蛙鼓虫鸣
驱散，老院子的孤单

掠过岁月的休止符号，田园发出
沉闷的呐喊，伺候土地的老农
正擦拭着犁耙，泥泞的牛蹄
溅起，春光灿烂

坐在山的掌心

故人捎来竹笋和山色
笋壳上的葱茏,将春意暖至心扉
我想亲临那座山,探寻
浓郁的乡土味

趁着阳光明媚,我乘风而去
上山的路,崎岖、颠簸
道旁长满荆棘,每一片落叶
都像猎人暗布的陷阱

兜兜转转,一路忐忑
崖壁上的映山红,将我诱至陡坡
坐在山的掌心,抚摸,仰望
大山高耸入云的指骨

此时,我小于攀爬危崖的蚂蚁
低于脚下的尘土,回望我的小村庄
只见屋檐化为淡淡的黑点
在云海中漂浮

草尖上的蜗牛

一截枯柳长出了新枝,桃林
已遍地落花,而李树
紧接着,绽放出白牡丹的高雅
杏花满园,吐出黄丝线
等蝴蝶飞来,编织暮春的纱帐

燕子,在老牛的耳朵里筑巢
牵牛花流出了热泪
打翻,溪涧蚂蚁的叶帆
一窝一窝的鹅卵石,聚集两岸
雏鸟破壳,婴儿啼哭

哗啦啦的溪流,放开了喉咙
春风剥开了笋叶,与炊烟同时拔节
天空一丝不挂,蓝得出奇
草尖上的一只蜗牛,高举着螺壳
吹响,春的号角

校园，腾起琅琅的音韵

几只蝴蝶飞入果林，一群蜜蜂
往返蜂箱，兔子和乌龟
还在童话里晨练，七星瓢虫
摁响，上课的风铃
叽叽喳喳的校园，腾起
琅琅的音韵

捧起书本，捧起
阳光浸染封面的早晨
我们，习惯用母语
组长叶的词，造开花的句
逗号是溪中的蝌蚪，圆圆的句号
是妈妈手腕上的玉镯

操场上，我们用跳绳描出心率
用沙坑的细沙，叠起身高
网球拍涂鸦的春天，奔放、阳刚
而我们，恰似蓬勃的春草

从一朵花开始

春雨滴在石头上,有窸窣之声
风搬弄是非,吻一吻
有了身孕,桃李早已坐果
它们,将为太阳诞下千万个子孙

但春天,依然残缺
一丛蘑菇,还在涂脂抹粉
半窝蛇卵还未破壳,苦丁菜的骨朵
还在童年的梦里,爱美的人
无需恐惧

不要管它如何大红大紫,我们
从一朵花,开始说起
绽放会招蜂引蝶,枯萎无人问津
离开了树身,它啥也不是

你的翅膀，驮着溪流

暮秋斜阳，拉长芦絮飘荡的影子
晚风，吹弯一条归途
画框外，守灵人在湖边遛狗
高举白幡，指点雁阵

雁南飞，飞过皲裂的荷池
空寂的村庄，如我
飞过打拼的城市，打捞一地金黄

你的翅膀，驮着一湾清澈的溪流
萋萋的芳草，成群的鱼虾
我的行囊，背负着他乡的雷电
被汗水打湿，无法引爆

你的嘶鸣，唤醒我的困顿
一只落单的雏鸟，再次振翅高飞
愿与我，浪迹天涯

回望青葱岁月

翻过青涩的扉页,一盏淡淡的
柠檬酸,长出藤蔓
缠住月色,那个放荡不羁的灵魂
泅过资水河,爬上北塔
斜倚序章的门外

日记里的石头会开花,星星
会眨眼,独木桥在梦中
长出青苔,他念叨的一个花
只想起半张脸

流水将离愁过滤,又被暑热蒸发
白驹过隙,穿过紫薇
穿过香樟树,穿过城北的爱莲池
不见,时现时隐的兰
孤寂而彷徨

字里行间溢出的清流,卷走落花
卷走青春,剩下

倒叙 时光
DAOXU SHIGUANG

岁月的刀刃，镌刻深深的印痕
伴随倔强，一起长大

月钓夜行人

背井离乡的人，拧亮
头顶的弯月，肩膀上的远山
草木，抱紧归林的倦鸟
根须下的暗河，默默地潜流
我无惧饥渴，两只童年的老斑鸠
住在，失语的耳洞

路被压弯，我陷于马鞍的低处
奋力拔出左脚，挽起
疲惫的路人，让他们顺着
我的臂膀，爬上秃顶
支起，疗伤的帐篷

晨曦的曙光，撞开我的袖子
睁开惺忪睡眼，把我弯曲的脚印拉直
地平线上，我终于迈出右脚
骑着山岚飞奔，与你擦肩而过
一块热腾腾的面包，让我
温暖到如今

故乡的映山红

四月,故乡翻新一茬花事
粉如云霞,白若飘雪,红似火焰
一簇簇,一串串
缀满枝头,各领风骚
只有你的回眸,能让我怦然心动
想起,苦涩的从前

那时,你高擎千万支火炬
倾落燃烧的流星瀑布,漫过山野
灿烂,一条上学的小路
贪玩的稚童,被一波暗香诱惑
饥饿或许嘴馋,把你摘下
推向舌尖,闻一闻,再舔一舔
这酸爽迷蒙的春天

而今,你用秀色可餐的花枝
将我送抵人间的薄暮,你却依然葱茏
绽放,一帘旧梦

远山藏着一瓣梨花

老花镜,把核桃壳无限放大
我看见险峰、悬崖、沟壑,连云叠嶂
峡谷幽深,我缘溪而上
清泉,以石壁为弦
弹奏出,高山流水的古调
山岚般沁人心脾,琴声悠扬

你侧身梨园,打开蜂箱
一树一树的梨花雨,纷飞如雪
携暗香,隐入四月
伐木老人下了山,身后猎犬
叼起野兔,跳下云台

多年后,我依窗远眺
水墨的轮廓下,全是留白
我身体里藏着的那一瓣梨花
常在子夜,呼唤远山

一条山路到坳上

谁搓一条草绳在坳上打了个活结
把脆生生的山水,拧成麻花
山歌,从草绳上跳下来
叮咚叮咚地响,花轿自山脚
往麻花上抬,累坏了媒婆

几十户人家,用乱石木头
支起巴掌大的天,矮墙低瓦
养猪牧羊,所有的院门
都为新娘打开

奶奶在村头看热闹,爷爷吸着喇叭烟
娶亲的小伙子,用憨厚的真情
把幸福点燃,山路两边
漫山遍野,盛开一片红杜鹃

葵花简史

数星星的孩子,紧贴月光的脸
在一幅画里醒来,躺在
霞光的怀中,学会了燃烧

燃烧中,一匹白马踏过冰河
晨曦的一缕紫烟,幻化
一只只乍现的彩蝶,迎风而舞

舞动裙摆,轻甩水袖
一棵棵向阳的精灵,长成太阳的模样
温暖山村,染红了天际

点燃所有的黎明,掐熄最后的黄昏
虔诚,俯首,拥抱脚下的泥土
捧出一粒粒火焰的种子

「第三章 \ 初夏的晨曦」

倒叙时光

欢乐时光

一缕晨风
打着口哨
踏着欢快的节拍
飞向彼岸
伴随
王子的鼓点

第三章　初夏的晨曦

被风吹落的黄昏

晚霞烧焦的西山，挺直了身板
拉长的影子，压低我的海拔
斜逸屋脊的炊烟，顶起下沉的落日
一些觅食的黑蝙蝠，蠢蠢欲动

黑与白正在交杯换盏，推心置腹
风吹皱的脸庞，掠过月色
村庄宁静，倦鸟投林
女人围着灶台打转

乌黑的烟雾，呛出两行浊泪
被风吹落的黄昏，和我的草帽
在篱墙上飘零，回家的路
与打工的路，交集悲喜

苦楝树下，一只洞庭湖的老麻雀
孑立冷风中，无法迈步

漫步龙江天湖森林公园

一道行云流水的雕塑
将生活的嘈杂，挡在门外
捏着山岚的衣角，披一袭清辉
我飘入园内，抬眼望去
两条威武的钢龙，悬在半空
戏耍彩球

天湖如一面魔镜，绿得似一块碧玉
鳞波随风，伴着阳光起舞
细长的枝条划过湖面，挂满剔透的水珠
蜻蜓点水，漾起一阵阵涟漪
一圈一圈地荡开

岸边崖壁，爬满岁月的青藤
在斜阳里泛紫，路的两边
点缀着一簇簇小花，绿荫遮天
群山起伏，林海搭起天篷
抵挡，太阳过激的热情

第三章　初夏的晨曦

我漫步天湖，跟随小丹丘的子孙
探寻，仙人留下的足迹
谈笑声中，一群活蹦乱跳的锦鲤
跃过了龙门

茧,时光的疤痕

脱下开裆裤,擦去
生命最初的细嫩,给缝补山河的
两只手,各披一件青铜马甲

浸透沧桑,勾勒出岁月的脉络
把希望攥在掌心,从黑夜拧出白日
让那一丛丛时光的疤痕
咬破指尖,漾出生活的绚烂
让一簇坚忍不拔的指纹
敲响暮鼓,力挽沉没的夕阳

爬满青藤的老屋,长出毛毛虫
然后成蛹,破茧化蝶
或者,飞蛾扑火
你是他们的通天长梯
为新的愿景,筑起起飞的高度

第三章　初夏的晨曦

四月影像

酸杨梅，酸出妊娠纹
在少妇的胃里翻腾，枝头新坐的果
弱不禁风，新买的奶嘴
纸尿裤，全都
装入四月的万花筒

西风挥鞭，暴雨举刀
毛毛虫削尖脑壳，一条春蛇
缠在树梢，我打开镜头
抓拍树下蘑菇，看它们点燃磷火
月下舞蹈

半树青涩，灰头土脸
在风雨中飘摇，抱紧树身
以抱紧母亲的姿势
奋力吸吮，春夏的乳汁
直熬到瓜熟蒂落

仰望碎落的月色

暮色渐浓，几朵愁云
吞噬所有的星斗，半枚新月
划开天穹蛰伏的沉吟
在柳枝上筑巢，孵化出一些发光的事物
河边萱草，仰望碎落的月色
晚风拂过柳丝，轻叩那间旧木屋

你昼伏夜出，此时
正在庙里烧香，跪烂了蒲团
轻轻地晃动签筒，默念、许愿
一支冷箭从牙缝射出

穿心而过，我扛着四月
横渡资水，还是迟了一步
唯一的上上签，被一阵乱风刮走

第三章　初夏的晨曦

斗笠上的星光

一张竹筏，漾开半滩河湾
竹竿、鱼篓
父亲的蓑衣、斗笠
依次，浮出水面

漩涡里的小鱼，吹着泡泡
欢快地打转，那个垂钓的老人
吸着，吧嗒响的喇叭烟
沉落的浮标，钓起清幽的檀江
和远去的农闲时光

河岸，担水的母亲
挑一桶夕阳、一桶月色
扁担上缀满星光，我取下
斗笠上的鳞片、蓑衣上的鱼钩
把那幼年的日记，翻开
再重写一遍

蛙鸣，初夏的田园

一缕晨风，打着口哨
踏着欢快的节拍，飞向彼岸
伴随，王子的鼓点

小荷尖尖，惺忪的睡眼
撑开一柄绿伞，旋转
粉红的舞鞋，蝴蝶点缀裙摆
蜻蜓，在眉心点了一点
描出波光粼粼的脸

淡绿的禾苗，在广袤无垠的垄上
搭起，淡绿的舞台
瓢虫、蝼蛄、蜗牛、金龟子们
尽情地表演

淅淅沥沥的掌声，从芭蕉叶上
滚下来，断了琴弦
青蛙的长号，呱呱地吹奏
吹醒，初夏的田园

第三章　初夏的晨曦

风在暗处嘀咕

雨，启动了旧式马达，螺旋桨
将生活，搅拌成一团乱麻
抽丝剥茧，理出扯不断的光
风在暗处嘀咕，给石头添上翅膀
掀起，漫天黄沙

以浮萍为筏，白云为帆
在风口浪尖上，直面商海的金融风暴
避开股海的韭菜园，情海
九千九百丈，谁搁浅在爱的港湾

等大海再次涨潮，闪电划破长空
雷声大过雨点，等风中的风
拂过彼岸，攥紧拳头
把空荡荡的老院子，重新洗刷一遍

瓷缸里的莲

心生一念,半池清流映照蓝天
风,驱散羊群,放牧云彩
蚂蚁顺着叶茎爬上来,闻到了花香

种莲姑娘,身陷淤泥
她掌心的莲,正含着粉红的奶嘴
跳出摇篮

四月的小舟,驶出清浅的荷塘
几只鸥鸟,划开水面
碧波连天的一枝荷,遥望水乡

我案头的瓷缸,盛着万里涛声
缸中的燕子,立在笔尖
轻描淡写,勾勒一朵初夏的莲

挂在枝头的白手帕

记忆深处,一方乳白的手帕
挂在野山茶的枝头
蝴蝶、蜜蜂、采花的虫子
被你挡在门外,我们
林中骑竹马,小孩子过家家
我用狗尾巴草,掀开你的红盖头
窥见含苞的花骨朵

牧笛响起,春风敲窗
你在吊脚楼上,刺绣青涩的荷包
我沿着你那歪斜的针脚
打开山门,进城上学
路边的野花,高过你的发髻

多年后,我重回山寨
仿佛看见,一只小手伸向云端
挥舞,似曾相识的一缕白绸

背井离乡的人

卸下肩头的包袱
把高霞山原封不动地归还故土
让山脚下瘦弱的檀江
默默地环村而过
不要惊扰古井旁洗菜的老妪

独饮半壶村酒
如老牛啃枯草般慢慢地咀嚼
卷起结结巴巴的舌头
许我在葫芦上打盹恍惚
头枕一截古松

在旧梦里渡过寂寞的邵水
让累累伤痕在月光下暗自结痂
直到万物复苏
一抹紫霞挂在葫芦庙的檐角
斜照趾缝里的归途

第三章　初夏的晨曦

春的残影

春的盛宴、狂欢，已近尾声
报幕的迎春，烂醉如泥
金杯银盏散落一地，依然觥筹交错
草莽之上，遍地英雄

美人跃上枝头，涂脂抹粉
分享今朝的阳光雨露
春雷与闪电，还未曾分道扬镳
一捧残雪，掩埋落红

卸妆，补妆，歪脖柳穿上了燕尾服
蝴蝶在枝头荡秋千，蜜蜂太累
搂着桃叶打呼噜
弯弯的溪流，过于清浅
无力收拾残局

一朵油桐花，立在春夏的界碑处
恹恹地，举起了白旗

站在时间和风的缝隙里

春,站在时间和风的缝隙里
越陷越深,崖壁渐冷
崖口的荆棘草,恣意蓬勃
遮蔽了天日

蚂蚁伸展触须,拔出泥巴丢了萝卜
时间,在九点钟方向
艰难地爬坡,影子一节节败退
掩埋了我的石头屋

我紧随晚风,踏月归来
路边的野山桃,像邻家大姑娘
跟我打招呼,推开篱门
喇叭花,娇滴滴地唤我"程度"

供奉一碟星光,半碗冷露
微醺的草木,将我空寂的峡谷
弄成青一块,紫一块
红得一塌糊涂

春风辞

像那位前朝赶考的书生
站在窗外,说话和风细雨
手执桃花扇,满腹经纶的样子
行踪,飘忽不定
从南往北,一路行色匆匆

呼啦啦,吹皱檀江的眉头
勒马,俯身,掏出恻隐之心
长堤外,拾起漂浮的落红
借一柄花锄,掩埋几瓣香魂
转身安抚,拥抱,亲吻晃荡的垂柳

雨开始渲染,勾兑,粉饰
在低处着色泼墨,让江南愈加朦胧
煽情的蝴蝶,风雨中斜舞
用力过猛,闪了腰,折翅下坠
坐等新荷撑开情侣伞,扮靓夏的渡口

水煮时光

干煮,煮出水来
让水自燃,冒着青烟
咳嗽声由近及远,郎中不请自来
手捧一枝发芽的黄连

破败的巷子,浸泡在老旧的瓦罐
一个倒伏的影子,在月光下
翻看,泛黄的药书
春天的无根水,万能的药引

三块石头,垒起灶门
用去年的豆萁,煮今岁的豆芽
煮一朵桃花
煮一棵蒿草

时光,匆匆地穿过灶膛
从壶嘴里冒出来,飘出了窗外
且行且远

人间的蜗牛

山那边,飘浮着一朵朵诱人的云彩
你,撑不开蒲公英的花伞
像一粒空瘪的草籽,跌落尘埃

跋涉,只为掌心的雏鸟寻找水源
渡过了江河,却渡不过人海
于是,你用脚板丈量
测试一只家雀,到底能飞多远

拧亮头顶弯月,抱紧归林的斑鸠
扛起,生活的十万大山
把一条通达远方的路,踩实压弯

歪斜的脚印,走进他乡的黄昏
咽下旅途的疲惫,穷尽此生
也要把日子往高处捋一捋
甘愿活成一只蜗牛

密码锁

不要心急,你可否记得
父亲,是哪一天入土为安
健在的母亲,何时卧床不起

你在何时何地,送了一束花
给你白头偕老的人,娃儿呱呱坠地的
那个深夜,你在哪里

这一切,都是命运预设的路径
你安安心心,把它插入家的锁芯
这是你此生唯一的秘密
不可恍惚,不可酒后失语

第三章　初夏的晨曦

犁铧翻耕的记忆

父亲的旧犁铧
深耕着一亩三分地
翻转的土地似翻开的书卷
一页页描摹农人的愿景

佝偻的身躯弯如牛轭
跟在牛屁股后面苟且了一生
掀起的泥浪长出金黄
洇成炊烟

而我的田亩只有三尺
可育天下桃李
文字的牧鞭能驱使象形的羊群
散落成诗

有酒的日子就有故事
只等你来演新戏
我的犁铧镶着铱金
常在子夜翻耕颓废的自己

写在脸上的晴雨表

花还在结蕾含苞,咳嗽就重了
雨悬在半空,腰就酸了
梦见落雪,腿就麻木
一滴酒如鲠在喉,脸颊红如关公

但晚年的父亲,换了套路
途经国贸大夏时,不再絮叨人世繁华
漫步金融街,不再做发财的梦
常把老家的黄茅岭,当成了八宝山

血压、血脂、血糖相对平稳
把职位、业绩、薪金
相对看淡,去道观找师公下下棋
与云游的道长打打太极

父亲写在脸上的晴雨表,漂浮不定
像早些年,地方台的天气预报
一半灵,一半懵
晴天有小雨,局部地区刮大风

年　轮

娘说，神明在一块石头上打盹
留下跋涉的脚印
低矮的石头屋，在我的眉心
刻下深深的吻痕
腊月的风，吹皱我的脸
葫芦似的轮廓，一圈圈漾开
勾画我行走江湖的步履

一路崎岖、坎坷，伴随饥渴
我在鬼门关前，再次复活
几点残雪，擦不净流年的污垢
额上的褶皱，磨出茧子
又被西风捅破

我已千疮百孔，依附于松树皮上
等这截枯木，春天里醒来
为我，绽放些许新绿

风吹五月

风吹五月,拨动琴弦
马尾松的长弓,拉响一片竹海
铃铛清脆,有石榴初开之美
紧一阵慢一阵的蛙鼓
音阶,高过雷声

擦肩而过的人,擎一柄情侣伞
几点小雨,在伞面上舞蹈
风拂向对岸,雨点加粗放大
它们在芭蕉上弹奏箜篌
在石板上栽花,瓦片上击缶

我在风中迂回,穿过桥洞
唤醒,岸边沉睡的垂柳
我打坐在葫芦庙,独饮独酌
怀抱旧葫芦,打淋漓酣畅的呼噜
想你,在长亭外,在荷塘边
在江南初夏的风雨中

第三章　初夏的晨曦

心中的山水

高霞山披着云霞，扛着道观
山脚的檀江，散发紫檀木的清香
我就降生在这山水之间
山一程，水一程
把山水藏在手机里，奔走四方

不管我身在何处
点亮彩屏，就看见清晨的阳光
斜照，道观的院墙
听见流水哗啦啦地憨笑
我就想起了家

手机我换了好几茬，山和水
依旧在梦中起伏跌宕
成了我此生，唯一的徽号
别在胸前的勋章

初夏的晨曦

夜路的尽头，启明星关闭了窗户
一只乌鸦，衔来曙色
蚁群抬着地平线，闯进画框
风之笔，描出远山的轮廓
河流的走向

几只早起的家雀，落在瓦脊上
啄食晨露，翻过栅栏的羊群
向着白云奔跑，牧鞭
点亮晨曦，我童年的小斑鸠
不知何时飞回旧巢

在初夏的莲池等你，我许下
十里清风，半池碧绿
我们不去莲台青灯黄卷，可否
重拾凡念，再续人间烟火

河伯岭，一束花俯视群山

此去，不走官道
草尖上，晨露的咸味再次验证
贩盐的马帮，未曾走远
尽管，拴马的木桩
已在春天故去
露宿的神坛，只剩几块乱石

而虔诚的眸光，依然翻出
一块踏断的台阶
指引，路往高处崎岖
路的两边，斜逸马蹄样的叶子
盐粒般的花朵

爬雪山、过草地的人
在此打盹，青苔上的八角帽
长出了五角星，笋壳编织的草鞋
夜行八百
猎人的小木屋，早在风化中倾覆
铁的猎枪，早已铸为铧犁

倒叙时光
DAOXU SHIGUANG

那个借宿的外乡人,点燃的松油灯
仿佛还在闪烁

拜山的人络绎不绝,抵近圣境
叩开河伯的篱门,仰望岭上
映山红燃烧的绚丽,遥看
绝壁上的一束光,如何映照山下
缕缕炊烟,滚滚红尘

「第四章 乡愁又起」

倒叙时光

剧毒时光

锈壁虱
蚧壳虫
潜叶蛾
拱破袈裟
都在袖口里跳舞

佛之手

佛隐身于暗处，伸出一双手
搀扶，匍匐在地的人

默默地，打坐在十字路口
左手给我做拐杖，右手给你指路

蚂蚁在掌心溜达，寻找真金白银
红蜘蛛啃噬佛的指骨

锈壁虱、蚧壳虫、潜叶蛾
拱破袈裟，都在袖口里跳舞

你要是饿了，他会奉上肥硕的胳膊
用肉身，慰藉人间的悲苦

掐熄炊烟的村寨

风顺着藤蔓,攀上残垛
废墟上,斜逸几支打碗碗花
毛毛虫镂空的碗,金龟子
爬上来,再次扫荡

草恣意成螃蟹,横冲直闯
将一个掐熄炊烟的村寨,化为坟场
蚂蚁占山为王,筑起
荒冢一样的城堡

劈开荆棘,你不必彷徨
沿着这条大路,重返远方
梦中的青山绿水,儿时的稻草人
会陪你叙旧,医治暗伤

行至坳上,一场突如其来的泥石流
切断我,诗的意象

第四章　乡愁又起

立夏时节

你撕下今天的日历
为我折纸扇
春季从你的指尖悄悄滑过
留下一树石榴花
点燃激情燃烧的五月

我脱去厚重的马甲
用昨晚的雨丝
为你编织一方淡绿的凉席
让一掌春水在壶中打滚
沸腾成夏天的样子

我们把檐下雏燕抱出摇篮
在掌心播种玫瑰
坐看寒冬里抛洒的一垄麦苗
如何在酷热中开花结籽

乡村遐想

想把广东搬回湖南
在檀江边买一块地皮
造一座农家小院
院后种荔枝、菠萝、龙眼
门前，栽几棵芭蕉

辣椒树旁，搭个戏台
请几路草台班子，唱渔鼓老调
与那些左邻右舍的留守老人
乐和乐和，拉拉家常

如果兜里还有余钱，就在葡萄架下
造一个迷你的高铁站
给那些为生计而漂泊的游子
省一点往返的时间

当然，要实现这个小小的愿景
我得撸起袖子，脚踏实地
还得，再干五百年

第四章　乡愁又起

以母亲节的名义

一缕淡淡的清香，洇染晨曦
老屋弥漫着泡软的时光
几片离开树身的叶子，在壶中
翻滚，跌宕，沉浮
绿生生地伸展，我看见
驾鹤西去的老娘，在叶脉里复活
匆匆地，引领着春天
从水路回来

洗盏、沏茶、礼佛
原本是母亲生前，必做的功课
然而，瓷质的菩萨未被感化
娘的余年，在轮椅上静静地度过

在神龛的遗像前，我以母亲节的名义
奉一盏香茗，但愿
这颗感恩的茶心，能浸透三尺黄土
能送去，寸草春晖

夜听锦瑟

雨丝,瑟弦,荷风尖尖的手指
拨动颤音,庄周的瓦片
敲响低沉的缶,谁家豢养的蝴蝶
长出梦翅

子规披一身锦羽,啼声悲悯
一弦一字,字字滴血
似孤猿哀鸣,月亮关门闭户
隐入云层

系在腰间的玉佩,望不见蓝田
郁郁寡欢,云烟般消逝
晚唐的琴瑟,裹着时光的风霜
在一阕旧词中,如泣若诉

我用二胡,拉出"嘚嘚"的马蹄声
依然慢了半拍,追不上瑟的韵脚
我重返月夜,良宵,听松
听,空山鸟语

第四章　乡愁又起

真金白银的夏天

迎着灼热的风,跨一匹汗血宝马
乌黑的云翳,裹住马鞍
踏过碧绿的荷塘,哼唱清脆的蝉鸣
从五月出发

蓬勃、恣意,生机盎然
这个激情燃烧的季节,横刀立马
就站在你的窗前,殷红的紫薇
洇染脸的两颊,雨后彩虹
描出勾魂的眉头,一支初开的新荷
嵌入双眼

红蜻蜓舞动斜晖,含情脉脉
翩翩起舞的蓝蝴蝶,醉如柳烟
而我的眼里,只有你
只有一个炉火正旺,用青铜浇筑家园
提炼,真金白银的夏天

挽起五月的夕阳

晚风，拂过脸庞
指点来自东土的驼队
匆匆赶往西山
饥渴，疲惫，驼铃嘶哑
羊群在天边撒欢
引燃，散落的一团团白棉花
溅起漫天的火光

湖面上，漂浮着天国的绫罗绸缎
翡翠、珍珠、玛瑙
一面铜镜，映照金质的菩萨
泛起，青烟袅袅

岸边，一瓣落红与折翅的枯蝶
挽起五月的夕阳
在生命的尽头，且歌且舞
暮光中，尽情地狂欢

第四章　乡愁又起

惦念远方的人

一波未平，一波又起
踮起脚，站在村头戏台上望风的人
望来了雨
雨点小于雷声，皲裂的荷塘无法缝补
他想起，冬天里风霜磨砺的松针
此时，已长满锈迹
一团折断的光线，与断线的风筝
结了梁子

跟着起哄的是村里的流浪狗
相对颠沛流离的主人，一只猫在狂吠声中
挑逗老鼠，但他还是慷慨地
投出，藏在衣袖里的最后一块骨头

他打着呵欠，转身捧一瓢井水
快递员突突地就走了
留下门槛上的一个小包裹
这又让他顿生惊喜，或者惊恐

倒叙 时光
CAOXU SHIGUANG

麦子熟了

五月的雷声，如他的一阵干咳
夯实，院前的禾场
大树下的蚂蚁，急于搬家
制造新的悬念与恐慌

他淡定地蹲在石碾子旁，从石牙缝里
寻找出旧的麦芒
手中的老皇历，翻出了茧子
在辛丑年间又一次开花

院里的饭桌、灶台、炊烟
勾勒出他孤独的模样，窗台上的猫
叼来一镰弯月
似乎在收割，星空的麦粒

微醺里醒来，他站在坳上
身后一大片的麦田，在霞光中
泛起金浪
他终于拨通了夏收的电话

第四章　乡愁又起

此生活成一把木椅

为感恩一截枯木的扶持，此生
我要活成一把木椅
把握曲直，领悟季节的恩赐
长成人们喜欢的样子

我以草木之名，扎根泥土
向上，弯曲成你的坐姿
开枝散叶，为你遮风挡雨
在阳光明媚之时，开几朵小花
粉饰你稀疏的发际

你得坐稳，坐正，守住一方山水
守住，固若金汤的城池
闲暇时，掂量一下
我这块憨厚且实心的木头
它可以做板凳，也可以做囚笼

风中的牧羊人

月明星稀,夜阑人静
一缕莽撞的风,从树梢跌落
狗尾巴草,张开双臂
将它拥入怀中

他须发散乱,微睁布满血丝的眼睛
听到迷途知返的羔羊
正在轻叩栅门,听到一把二胡
唤醒松涛

风带着野性,天马行空
岗上的草匍匐于地
头顶凄冷的晨露,窥听风吟
唢呐声里,一枚红日冉冉升起

他挥舞着牧鞭,追赶天边的流云
怀里的马驹,茫然四顾
他豢养的春风,能把荒芜的心田
枯黄的草地,顷刻染绿

第四章　乡愁又起

夜　渔

烟管里的火星，时明时暗
整个村子，极度干燥
只有他的褂子，能拧出水来
明暗中，忽闪一张胡须拉杂的脸
紧盯着对岸

借着微弱的反光，一支桨划开黑幕
摇曳一盏依稀的渔火，诱惑
贪食者上钩，鱼篓里藏着夜半冷风
撒网，收网，除了眼角的鱼尾纹
他一无所获

远山之远，递过来一缕鱼肚白
掠过水面的漩涡，栈桥上的牧羊犬
卷起尾巴，闻到了鱼腥味
他挺了挺腰杆，拨亮额上的曙光
扛起，沉甸甸的晨曦

倒叙时光
DAOXU SHIGUANG

陌上花开

那时候，我们赤足走上窄窄的田埂
樱花就开了，诗意般燃烧
记忆深处的那几抹粉红，还在
懵懂的日记里羞涩
我远远地看你唤狗牧鹅，其实
只等，一朵花开

后来，小路边的花也开了
开成淡雅的小令，平仄的诗句
留下一树莺歌，半亩蛙鼓
纷纷扬扬，雪白晶莹的梨花雨
愿与你，化作花红柳绿

等到长大了，时光却慢慢老去
看草木的叶子落了，我们才懂得
俯身拾起，如拾起飘散的云烟
如拾起，不再年轻的自己
而今陌上花开，你可缓缓归乎

第四章 乡愁又起

宰牛那天出生的人

一条河流蜷缩在村头,天下着小雨
有些冷,住在隔壁的牛二
正在宰杀一头老牛。娘记住了
这个婴儿啼哭的日子

直到风霜满头,他想要过生日
却找不到当年哞哞的冷雨
娘走以后,四个大哥也相继离去
风口浪尖的他,时而清醒
时而糊涂,为此
他烧香,敬神,问卦
然而,泥塑菩萨总是打着哑谜
说,天机不可泄露

他尝试叩问自己,从哪里来
往何处去,问着问着
哼起了江南渔鼓,大大咧咧地
牵着老牛,从田埂上回来
走进,另一场小雨

夏日花语

落英缤纷中,一些花正在含苞
一些花早已凋零,它们
各有各的花事

月季、小木槿、三角梅
悄无声息地绽放,默默装扮四季
它们深感,知音难觅

昙花,避开阳光的热吻
星月的轻拂,甘愿将一缕暗香
献给黑夜

唯有紫薇花,可点燃五月
它用熊熊烈焰的尖叫,喊来雷声
让失恋的人,重拾旧情

而我如苦瓜藤,在雨中淡淡地绿
开几朵碍眼的小黄花,点缀一帘旧梦
却依然遮不住,内心的虚空

龙江的早晨

夏的枝头，缀满青涩的幼果
霓虹灯下的小区街角，似醒非醒
卖早餐的大婶，驮来晨曦
道旁树，飘落几片憔悴的叶子

热气腾腾的叫卖，匆匆来去的脚步
人声鼎沸，车水马龙
没人在意电线杆下，蜷缩的老艺人
低沉的琴声

买了早餐，我们转身离去
一把破旧的二胡，晃荡在你我的面前
摸遍所有的口袋，我没找到零钞
你，奉上刚买的面包

他微闭双眼，双手合十
面带微笑的轻音乐，立刻欢快起来
我们踏着轻松的节拍，走进
浪漫、温馨的早晨

雨中,乡愁又起

一端的河流早已干涸
另一端却在泄洪,电话那头
低处的方言,家长里短
全都浸泡在苦水中

他乡星月,在云朵里啼哭
化作,淅淅沥沥的雨
闪电里的水泥袋子,随风飘舞
出租房里,借宿的人
用泪水淘米,乡愁洗头
洗不去,寄人篱下的离愁

脚手架上,无论晾晒多少个日夜
也难以填平,贫瘠的沟壑
放下碗筷,他爬上大厦的顶楼
才想起因雨而停工

第四章　乡愁又起

荷塘点亮一盏绿灯

在泥土深处,点亮一盏绿灯
映照,半池碧玉
用一支洇染湖光山色的妙笔
皴画,夏季的羽翼

天蓝的水袖,黛绿的绣裙
在行云流水的掌心,亭亭玉立
继而旋转,起舞
粉红的微笑,消融六月的暑热
擎起,皓月临空

叮当的玉环,叠成华章
城头的灯红酒绿,喧哗里的掌声
难以撼动,你的矜持
当晚风吹来的时候,你再次向着
脚下的淤泥,虔诚地鞠躬

在春夏的界碑处

在季节的界碑处,春的谢幕
与夏的临台一样庄重

交出一池春水、解冻的河流
包括淤泥、荷种、蛙鼓
冒泡泡的泥鳅
交出湖光山色,包括青草、绿树
发芽的朽木、有毒的蘑菇

交出大门的钥匙、后花园青涩的幼果
包括,叫春的鸟鸣
交出怀才不遇的花朵,让其继续怀春
继续,它们的花事

而后,一树紫薇点燃五月
映红五彩缤纷的城头
油菜熟了,麦子黄了,夏的炉火正旺
正在酷暑中等你,提炼真金

第四章 乡愁又起

向往粗茶淡饭的乡居

隐身世外,悠然栖居
闲适、清新、宁静的乡野生活
时刻在心灵深处,向我召唤

这里没有林立的高楼、嘈杂的叫卖
可在自家菜园,随意亲近泥土
播种文字,采摘诗歌

可将自己活成篱下草、园中树
点缀,构造,绿色的意境
在春华秋实中,收获健美的心情

每一个晴朗的日子,我会忙里偷闲
沏一壶新茶,捧一本闲书
与你追忆,那些逝去的光影

习惯了粗茶淡饭,自由自在地活着
待到,最后的春暖花开
我们嫣然一笑,一同老去

种牡丹

种花的姑娘不在了
车祸的血，染红了花瓣
爱花的奶奶接着种

浇水，施肥，修剪枝叶
她坚信，孙女会沿着花径回来

冰清玉洁的花香，引来路人的赞叹
告诉她，此花叫牡丹

乡下奶奶，万分惊喜地说
这么多年了，谢谢你还能记住
一个村姑的乳名

第四章 乡愁又起

翠绿的小满

一场雨,把水库、山塘、荷池
都搓洗了一遍,盛满
所有的坛坛罐罐

仿佛一夜之间,檀江从一条春蛇
长成巨蟒,吞噬了沙滩
拓宽了河道,水涨船也高

两岸早熟的稻麦,开始抽穗扬花
在阳光下灌浆,像阳台上
眺望远山的嫂子,腹部愈显丰满

楼下的奶奶,手提竹篮
风一样,飘进了菜园
采摘一把蒜薹、几条本地黄瓜

一头老牛,打开了栅栏
向着后山奔去,它似乎也想尝尝
这鲜嫩、翠绿的小满

揪心的玉米地

一阵风，撩开湛蓝的头巾
露出你的憨笑，油绿绿的褂子
棕红的须发，肌肤土黄
镶着，满口的金牙
大腹便便，一个个像怀胎十月
即将临盆的少妇

老实巴交的牛二，吸着闷烟
蹲在石头上，他揪心的
不是地里的杂草，正在疯长

他望着逼仄的田埂，懵了
怎样，才能把这夏天的恩赐
一地百十袋的玉米棒子
扛回，五里外的新家

第四章　乡愁又起

逆行夫夷河

出村，沿河逆行
让时光倒叙，可看见光着屁股
抓鱼，戏水的童年
能听到迎亲的唢呐，吹响春天

花轿里的母亲，笑着啼哭
看见爷爷的爷爷，背着鱼篓
在竹筏上垂钓。我得与这
未曾谋面的祖宗，打一声招呼

再往南行，拐三个弯
就可望见夫夷侯国，那高耸的城垛
我是王的臣民，侯的远亲
坐拥这一方山水

一阵风，把我送归原处
站在村头，我望着日渐消瘦
环村而过的夫夷河
有说不出的苦，如鲠在喉

倒叙时光
DAOXU SHIGUANG

窗台上的一只猫

浑浊的城市，在一只猫
乜斜的瞳孔里，躲躲闪闪
都是过街的老鼠
在微光里逃窜，奔命
筋疲力尽，撞倒
一群战战兢兢的影子

砧板上的肥肉，油腻得倒了胃口
丰盛的晚餐，该有鲜花
该有乖张的锦鲤，在瓷盏上跳舞
匍匐于窗台的狩猎者
远眺护城河
用意念，抛洒愿者上钩的诱饵

用爪子抠下，最后的夕阳
掐熄星月，让一双黑夜里的猫眼
再次泛起绿光，看清这个
猫鼠同眠的拼盘

第四章　乡愁又起

万民祭谷神

大地颤动,泪雨倾盆
神农架在梦中坍塌,崩裂
稻麦、高粱、玉米,禾稼倒伏
你从寒凉的荒野、饥饿的田埂上回来
一身泥水,手捧着五谷

穷其一生,做个实在的农人
为苍生温饱,奔走,呼号,践行
用汗水、热血,丰满天下仓廪
在奔小康的日子
一粒稻种正在破壳,一把秧苗
正在分蘖,而你
却驾鹤西去,匆匆远行

我在你的稻秆下乘凉,借十里春风
重筑庙宇,斟三杯米酒
天一杯,地一杯,你一杯
万民祭谷神

「第五章 / 夏夜旧梦」

倒叙时光

掠影时光

细密的思绪
在篱墙的最高处
繁茂新绿
每一朵蓓蕾绽放
都是飞扬的音符

第五章　夏夜旧梦

黑白之间

那个午夜，母亲在痛苦中煎熬
放走了喜鹊，把一只黑不溜秋的乌鸦
搂在怀中，唤为心肝
我万般幸运，降生在黑黝黝的尘世
娘说，宝贝命硬

司晨的雄鸡叫了几声
我从娘的指缝间，窥见了黎明
在鸡鸣狗吠中醒来，睡去
一双小脚丫，战战兢兢蹒跚于大地
认得稻子和稗草，分得清尊卑

白天有黑影，夜晚有星月
我在黑白中穿行，跌倒，爬起
磕磕碰碰，一路坎坷
听娘的话吧："一个秉烛夜行的人
心里积攒的全是光明"

怀中的蔷薇花

捧起,诗集夹着的一瓣落红
如翻开一茬心事,缠绕激情的五月
在藤蔓上复活

细密的思绪,在篱墙的最高处
繁茂新绿,每一朵蓓蕾绽放
都是飞扬的音符

故事随花香弥漫,抵近心扉
走进你的笔端、画布,水彩涂抹
描画出,偶然的相遇

细雨蒙蒙,野蔷薇在枝头发抖
你唤来蜜蜂和蝴蝶,搭起雨后彩虹
奏响,月下蝉曲

巷子深处,我欣然装饰你的篱笆
采集飘零的枝叶,掩埋伤感的往事
怀抱一束,简单的幸福

第五章　夏夜旧梦

月亮下的童年

意境中的竹篮，捞起一截旧时光
急匆匆，撞入井台的水桶
舀一瓢暮色润喉，撕一朵晚云做抹布
抹菩萨的脸，让睡梦中的神明
也能感受月亮的朴素

挂在皂荚树的枝头，用折断的光
缝补斑鸠的旧巢，漏出的斑点
在磨盘上开花结籽，我们在树下嬉戏
数一数与人一样多的星星
而天灯，正玩着分身术

它穿过云层，推开我的小窗户
斜照，儿时的书桌
那时的夜晚，漫长且多梦
每一个梦都瘦骨嶙峋，幸好夜半醒来
总有几缕银白，依偎在床头

岁月留白

一张白纸,可写可画
先写一个人字,让他自由地奔走
替代我翻山越岭,披荆斩棘
独自走过,隐隐作痛的蹉跎岁月

继而画远山孤舟,蓑笠翁
添几笔袅袅的烟波,我坐在船头
钓寒江飘雪,钓空山寂寥
水月深沉,钓旷远浩渺的幽境

然后收住笔锋,铺开诗路
在留白处,涂抹,篡改
将生命的油灯拨亮,直至耗尽
在墨迹里寻找,一路坎坷的脚印

蹉跎一生
没留下什么,可圈可点的业绩
除了笔砚,只剩下白纸

第五章　夏夜旧梦

在绝壁上耕云种雨

弯弯的田埂，弯弯的牛轭
葱茏着弯弯的绿
巴掌宽的水面，养鱼，种稻
支起一辈辈繁衍生息
梯田，层层叠叠
叠起山里人的新希冀

好比画框里，飘浮的地脚云
洇染，龙的脊背
半树松针，刺入山的肌肤
绣出，水灵灵的鳞片

驭龙师搭起天梯，乘风而起
在绝壁上，耕云种雨
从险峰的夹缝中，抠出好年景
用山作画，以水题诗

讲故事的老人

故事浸泡在酒罐中
传说里的才子佳人弱不禁风
全卡在牙缝
等煎好的土鸡蛋或者水豆腐
投几枚铜钱搭救

一个饱嗝存有七分醉意
剧情开始起伏
竹椅板凳竖起了耳朵
在悲欢离合处高潮迭起又滑落
且听下回分说

绕梁的余音在书中有良田千亩
儿孙满堂骡马成群
而戏外鳏居的老人孤苦伶仃
他合上纸扇在哄笑声中急匆匆隐去
从此不见影踪

蝉鸣夏夜

一台微型的黑钢琴
依附在树干上
弹奏暑夏的夜曲
比春天的音阶高了八度
露珠滴在叶子上
按响了琴键

手提萤灯的草木
是忠实的听众
蜻蜓在乐池点水
翩翩蝴蝶在音符上伴舞
唯有我怀抱茶盅鼾声如雷

真想挽留晚风的影子
替我撩开晨幕
合上季节匆匆的脚步
用那把旧二胡轻叩我的窗户

芒种,麦浪停止了摇曳

霞光里的麦浪,停止了摇曳
所有的麦粒,脱去芒衣
走进,金灿灿的仓廪

棉芽布局,豆苗谋篇
在丰沛的晨露中,编织一垄垄新绿
遮盖,拔高的闷热

稻秧在水田做早操,沐浴阳光
伸着懒腰,像跳舞的稚童
合唱,小兔子乖乖

采蘑菇的小瓢虫,在蘑菇下乘凉
风送来,荷花的清香
给匆匆而来的芒种,增添新的意象

月光下的镰刀和锄头,争分夺秒
他们要在晴和雨的夹缝中
播种彩虹,收割盛夏

六一，和孤独的童年合个影吧

先用抹布揩干净鼻涕
接着张开五指梳理顶上的乱草
再舀一瓢井水涮涮洗洗
然后把这一张张乳臭未干的脸
装进邮筒
寄给日渐生疏的妈咪

与相依为命的人分享节日的快乐
给忙碌的奶奶跳个舞吧
给挂在墙上的爷爷唱支歌吧
和孤独的童年卷尾巴狗合个影吧
过节确实很忙很累

晌午时趴在荷包蛋上写日记画风景
写一条流浪猫的故事
画山画水画一条弯弯的土路
送给梦中归来的自己

夏夜旧梦

缀满星星的夜幕在草尖上闪烁
停靠在睡莲花瓣上的蜻蜓
像儿时走失的纸飞机
独饮月色

多情的蟋蟀在池边的瓦砾上抚琴
青蛙呱呱地敲打手鼓
呼啦啦的晚风轻摇水岸的柳枝
吹熄萤火虫的灯笼

一个离家多年的游子
重返童年的夏夜
却听不到月光般的叮咛
只有微凉的露珠打湿了衣襟

石板桥下少了一截捣衣的棒槌
拉断的井绳打了个死结
靠着门框入梦
梦里梦外都不见母亲

第五章　夏夜旧梦

故乡的小河

小溪、渔筏、三块捣衣的石头
支撑起，老院子的水路
柳枝拴着小船，在水面上画圈
荡起的波纹，漾过远山

我在苦等一场即将爆发的龙卷风
或者，百年不遇的骤雨
荡平两岸的荒丘，还我一条
宽敞的小河

解开纤绳，顺水行舟
在风口浪尖上，改写命数
当泥沙俱下的时候，扭转人生的航舵
待到波澜不惊，驶入你的港口

我载来一船山里人的祈盼
却无法载来，日渐枯竭的乡愁

火焰的本色

发热门诊,白大褂令人恐惧
嘶哑的声带描述的旅程又添些许冷意
昨晚路过"离我远点"杂货店
买了一打口罩
今早在"桃之夭夭"小面馆
与老伴喝早茶

一支疲惫不堪的笔
把我的陈述译成文字再换算成处方
专业的检测和贴心的医嘱
让我心生温馨

透过防疫服
我看见他额上的一粒粒汗珠
顺着鼻沟流进嘴里
那被汗水浸泡的红十字在弯腰时
闪耀火焰的本色

第五章　夏夜旧梦

岁月里的一条青藤

扛一面绿色的大旗,开枝散叶
在老家的门口扎下须根
向着,村头延伸

继而往北,顺着京广线
抵达白山黑水,游览长城内外
在冰天雪地里嬉戏,打滚

待到风和日丽,调头南下越过五岭
每一寸枝蔓,都镶嵌着我
南来北往,跋涉的脚印

不惧寒暑,抱紧陡峭的崖壁
在阳光明媚的河岸,开几枝小花
扮靓,我远方的营地

如今,这条伤痕累累的青藤
掉光了叶子,整日里缠着我的暮年
天天催我折返,再次启程

桑园围之春

顺着水流的波纹，或者
一片芭蕉叶的经脉
进入桑园深处，窥探
沧海底部的秘密

眼前的江流，曲折迂回
势若蟠龙，两岸草木郁郁葱葱
我们脚下是厚重的泥土
泥土下，是从海底捞起的沙砾
沙砾下堆砌着，不朽的木船
载满皑皑的白骨，那是
九江、西樵、龙江
一辈辈筑堤围垦的先民
昂起，不屈的头颅

船头铭刻我的姓氏，千百个姓氏
化作嫩苗，在春天破土
在风雨飘摇的日子里，长成参天大树

第五章　夏夜旧梦

家住龙江

大清早，一只八哥衔来曙色
在我的窗外，演奏晨曲
河流环绕着山脚，轻扬细波
岸边，卖早餐的排档熙熙攘攘
街头巷尾，车来人往
开启繁忙的序章

仿佛住在森林中，分享天然氧吧
又像，在水面上漂流
微风荡起了双桨，抬眼望
我家就住在城中央

此时，我与朋友在喝早茶
坐在龙江的龙脊上，说说笑笑
仿若每一个茶客，都是
和蔼的龙王

离别,烟雨正蒙蒙

你喝过的茶,还冒着热气
好比檐下蒙蒙的烟雨,夹杂茉莉的芬芳
你留下,从未开启的布伞
像是给我,预留一个
怆然泪下的雨季

离别,我们不说再见
虽然心跳暗暗加速,但眼角的鱼尾纹
却如往日一样,舒展宁静
你摇下车窗挥手的一瞬
画面,定格在多年后的夜梦

江南多雨,经历太多伤感的日子
我们在雨中相遇,又在雨后
苦等天晴,我祈盼
另一场春雨,再次与你相聚
而此时的窗外,已是丽日临空

回乡插秧

玩泥巴的身板,绣花的手指
一个个屈膝弓背,面朝
水泱泱的画布
用纯色的绿,在田垄里涂抹

描出老花样,勾画新蓝图
一棵棵的秧苗,排着队
在风中,向你点头

喝了几口墨水的人,手脚迟钝
跟不上,稻秧蓬勃的节奏
坐于田埂,数电线杆上的麻雀
看对岸的村姑扭秧歌

下雨的时候,稼禾开始舞蹈
我愧疚农家的子孙,竟然分辨不出
哪是稻苗,哪是稗草

绿茶,水中的春天

一片叶子学会了游泳
鱼儿般
潜入瓦罐的深潭
蝶泳,蛙泳
荡起朵朵浪花
唤醒,水中的春天

我停靠在透明的玻璃杯上
用羽翼,开启新的一天
与你共饮
日月精华的馨香
品尝,岁月里的咸淡

与清风结伴,隐居碧螺
掏出,心中的这片成荫的绿意
送给沸腾的盛夏

第五章　夏夜旧梦

夕阳下玩沙雕的少年

一轮落日停靠在水面
大海停止了歌唱
逆光举起剪影的刻刀
刻下你的眺望
鸥鸟收起翅羽隐入云霄
摄入你的眼眸

天边的云彩冒着青烟
浪花舞动烈焰吐出火舌
燃烧的大海
染红一张惊恐稚气的脸

你的身后是海沙雕刻的城堡
散乱的脚印筑成篱墙
插在城头的气球
宣誓不可冒犯的海岛尊严
西沉的夕阳用尽最后的一抹余晖
雕刻一首童谣

倒叙 时光
DAOXU SHIGUANG

致敬高考

一条狼，对着清白的月光嚎叫
叫醒六月的象牙塔
塔下的开阔地，正在上演
一场真枪实弹的搏杀

所有的文具盒，都饲养着心仪的枣红马
千万匹骏马，向着同一个方向
挥鞭，冲刺，呐喊

马蹄凌乱忽闪，冲破禁锢的栅栏
逼近雷池，踏翻
无事不登的三宝殿
用激扬的文字，指点万里河山

十年寒窗的冰雪，在马前消融飘散
磨穿的铁砚，高举火焰
憋在胸口的火山熔岩，瞬间喷发

第五章　夏夜旧梦

端午，粒粒粽香

雄黄泡在农历的酒樽，一丛菖蒲
爬上五月的门楣，艾草萋萋
拽住线头，与纸鸢在风中拉大锯

新月如钩，挂着牛年马月的露珠
往事浮出水面，流经湖湘
承载，《离骚》的厚重

从低矮的粽叶里，翻寻原始的绿
潜入汨罗江底，打捞宁死不屈的忠魂
捧出，骚人的傲骨

粒粒粽香，在两岸弥漫
龙舟载着新诗的意境、意象、意蕴
续上，荡气回肠的旧韵

我降生于楚地，周游列国
携着，故乡的渔鼓小调
吟今世的冷暖，叹前朝的沉浮

倒叙 时光
DAOXU SHIGUANG

多少夏花绚烂了时光

头顶荷叶，手执绣球
一身三色堇的长裙，飘过
夹竹桃的枝丫，盛夏
眉开眼笑，犹如待嫁的村姑

激情的紫薇，坐拥花团锦簇
美人蕉见缝插针，出水的芙蓉
再次跌入水中，姗姗来迟的合欢花
挤过来，打乱了花序

所有的花朵，都想修成正果
而时光步履匆匆，悄无声息地
滑过古刹的檐角

掀开绚烂的花帘，看见往事
一瓣瓣飘落，看见幼果渐渐转红
看见，与夕阳对弈的我

第五章　夏夜旧梦

给夜晚添一条羊肠小道

灯火阑珊，乌鸦扇动翅膀
一排梧桐喝醉了，不停地摇晃
月亮从树梢跌下来
碎成八瓣，天随即黑了半边

远处的十字路口，红灯忽闪
我被迫走进逼仄的小巷
洞穿一堵黑墙，回到原地
夜色，困住一只迷途的羔羊

潜伏的射灯闪了闪，描出楼群的轮廓
满天星斗，回到各自的门窗
落叶裹着闷热，穿堂而过
风声正紧

没人知道，一条虚拟的羊肠小道
绕至顶楼又弹了回来

高考以后

合上试卷，告别师友
卸下，悬挂心头沉重的包袱
携一缕清风，说走就走
惬意，如一只斑鸠飞出了鸟笼

清新的旷野，欢快轻松的步履
在广袤的大地，天马行空
十年寒窗，勾画的梅花、李花和梨花
全都在天幕上飘浮

敢问，出逃的大象在哪儿
我愿与它们一起走，风餐露宿
寻觅，静谧适宜的气候

未知的前路，会飞来乌鸦
还是金色的凤凰，都来不及细想
但愿，每一棵小草都沾满朝露

第五章　夏夜旧梦

流星滑过的一刹那

银灰色的天幕
缀满一颗颗耀眼的宝石
苍白而清幽的星光
裹住夜的灵魂

一根璀璨夺目的芒刺
以闪电的速度
割破子夜
在空中留下绚烂的舞姿

万籁沉寂中
一滴滴清泪从昙花的眼角溢出
青石板上
闪烁着无数祈祷的心灯

今夜多少有情人相隔天涯
或近在咫尺
流星滑过的一刹那
可许我与你厮守同一轮孤月

「第六章／山村即景」

倒叙时光

野象的光

彩云之南
迷途的大象
身披金色霓裳
寻觅露宿的营地
地平线上
涌动雪白的羊群
几匹深红的骏马
在蓝天下驰骋

山村即景

从溪岸起步,出入的路
隐藏在石头缝,五里鸡肠似的小弯坡
直达,七八扇敞开的院门
每一扇门里,长满烟熏火燎的故事

站在书房岭,你可看到
几片巨大的荷叶裹着一只芦花鸡
从鸡冠上,滴落一条清澈见底的小溪
绕过鸡背上的老院子
迂回向西,朵朵洁白的浪花
打湿我的记忆

篱笆墙里的一树梨花,正挽留
串门的蜜蜂,几只山雀
在苦瓜架上啄食晨露,我举起相机
拍下的画面,都烟雨朦胧

想与大象结伴

彩云之南，迷途的大象
身披金色霓裳，寻觅露宿的营地
地平线上，涌动雪白的羊群
几匹深红的骏马，在蓝天下驰骋

水中嬉戏的一头幼象，甩动长鼻
在沙滩，涂鸦梦中的家园
蓝天、草原、黄澄澄的玉米棒子
垂涎农人的甘蔗和酒缸

滑落的暮光，在画板上调色
勾画，虚拟的火焰
真实的潮水，在壶中沸腾
酝酿，一盅晚茶

饮一杯，就想与大象结伴
再饮我就穿过了晚霞，重返故乡

第六章　山村即景

寻觅天真烂漫的你

一闭一睁，黄昏变成黎明
醒来，拖鞋还未穿好
已是晌午

急匆匆打开微信，几乎每一个群
都是新人创意的新词
那些旧的脸谱
和结伴而行的村老野夫
都去了哪里

我是个恋旧的人
总觉得油灯比电灯更有诗意
柴火饭的锅巴更有嚼劲
怀念土鸡蛋
和青葱拌水豆腐的日子

翻箱倒柜，寻寻觅觅
在满脸皱褶中，再也找不到
那个天真烂漫的你

六月的风

一缕水烟从山脚浮上来
又从云端泼下
山岚轻轻地跺了一脚
掀开雾帘

雨是贴心的玩伴
如一个撒尿和泥的孩子
用脚趾头涂鸦
五色的云与七彩的虹

一条土路开始风化
几只洞庭湖的老麻雀
在风雨中疲于奔命而披头散发
找不到旧巢

我在垄上看禾苗抽穗扬花
陶醉在清凉的意境
你在树下捡拾吹散的诗句
又在晨风中分行

第六章　山村即景

唤醒凝固的时光

唤醒，相片上凝固的时光
只需一朵小黄花，敞开我的五指梳
梳理你蓬乱的银发，你会眨眼
并开口说话，我会从你这张
破渔网似的脸上，打捞出
曾经的新娘

往事，如一堆燃烧的干柴
溢出许多温暖，摘几片碧绿的荷叶
隔开暑热，让你鬓角的小黄花
从枯萎中醒来，再次绽放

牵住你的手，走向夕阳
用两个佝偻的背影，诉说我们的初恋
你在河边捣衣，我在岸上牧羊
那年我十九，你虚岁十八

倒叙时光
DAOXU SHIGUANG

山村的孩子

乡下人，农村人，山里人
还未出生，就有了多重的身份
可俺们坳上的娃娃，也许
与你一样，个个单纯

童年的故事，自导自演
跟在蚂蚁的身后，寻找春天
大山是一本看不透的新书
胜过，你看的动画片

慢慢地，长出棕熊般的身板
麋鹿般矫健，用一双岩鹰的眼睛
窥探世界，你坐在城头
看风云突变

总有一天，你可看到
山村的孩子，如羽翼丰满的雄鹰
遨游蓝天，愿与你一道
振翅，飞过远山

第六章　山村即景

父亲节

此时，阳光正好
新买的房子，有个父母间
今天就可以搬进来

把陈谷子烂芝麻也搬进来
提笔研墨，在湿漉漉的白纸上
撑开那把漏雨的伞
回首，不堪回首的从前

话到嘴边，还没说出
你已起身远去，风一般消逝
一个孤儿，把一张旧照搬进新居

夏夜掠影

当红色的丘陵披上了银辉
湘西南的夜幕
在沟壑纵横的阴影里徐徐开启

月亮在水底乘凉
绿萍和星星悬浮在水面
各自飘散又相互交映

一条锦鲤吹着泡泡
给月亮揉肩搓背
阵阵晚风在枝头梳理柳丝

银铃般的笑声荡起涟漪
打湿一把旧蒲扇
掐熄几盏忽远忽近的萤灯

蝉曲依然清亮悦耳
蛙鼓紧一阵慢一阵
一场田园的交响乐才刚刚开始

第六章　山村即景

新来的打工妹

拎着母亲的千叮万嘱
走进南下的站台
扛起憧憬，怀抱祝福
将命运交给风雨兼程的绿皮火车

砍价还价后，把憔悴和疲惫
搬进昏暗的出租屋
醒来，就成了打工一族
匆匆出没于宿舍、饭堂和工棚

流水线上没有眼泪，也没有性别
只有一个夜以继日的累字
在不停地穿梭，上班，加班
忘了日出与月落

直到年关临近，脸上才有了笑容
大包小包的新年礼物，比不上
这一张回家的车票，只想着
在妈妈的怀里再次撒娇

难忘的野炊

打马出城,给周末找一点浪漫的颜色
携几缕野风,追逐天边的野云
在水草丰茂之岸,化身一只野鹤

三块长满青苔的石头,垒起灶门
瓷质的杯盏、铁质的锅、木质的盆
都回到初始的故地

山泉炖清风,点燃你的食欲
在山吃山,临水吃水
闲情与繁杂觥筹交错,举杯共醉

醉了便好,青草铺床为你侍寝
山岚,滑过你的肌肤
星光点点,伴你入梦直到黎明

怀揣,缠绵悱恻的地脚云
醒来也不思归程,这山水之趣
深深地,烙进了骨髓

第六章　山村即景

逛一逛疫情中的菜市场

戴好口罩,用手机扫码
一把测温枪,抵近你的额头
菜市场的闸门就开了

菜篮子紧随身后,伸长脖子
望着玻璃橱窗,一只烧鹅举起告示
"桃之夭夭,离我远点"

二师兄耷拉着耳朵,咬着自己的尾巴
与我套近乎,渴望拥抱
不看僧面看佛面,我取走两根排骨

斜对面,老伯手捧自产的白菜
轻轻地吆喝,他种的菜从不打农药
说话间,一条青虫从叶缝拱出

笼中的白兔直立行走,仿佛向我暗示
它吃什么,我就得吃什么
转身,我又买了几根反季节的白萝卜

雨珠滴落在窗沿上

隔着玻璃,窗外忽闪一张
泪痕未干的脸,呜咽咽的哭声
且行且远,淡淡的离愁
依然滞留在山那边

绵绵细雨,光着脑袋上学的孩子
在雨中奔跑,跌倒又爬起
娘倚在屋檐下,干巴巴地望着

草木有怜悯之心,借火的名义
温暖,一只落汤鸡
手摇纺车,把夜晚摇得更长

这么多年了,我还是心有余悸
不敢站在窗下,听雨打芭蕉
每年的清明,我都要买一把雨伞焚化
以此,根治母亲的心病

第六章　山村即景

傍晚是一种重叠的抒情

傍晚时分，一个中年男人面对落日
从来没有如此纠结
他六神无主，呆滞，发蒙

他看到医生摇着头，从西房出来
墙上的挂钟，刚好停摆
他如鲠在喉，蠕动干裂的嘴唇

此时的东屋，他的女人
正在临盆中阵痛，接生婆满脸汗珠
仿佛乌云密布

挂在檐角的太阳，是沉，是浮
他吸着闷烟，跺脚，踮脚
从西到东，不停地来回踱步

倒叙时光
DAOXU SHIGUANG

风吹着沙滩

涨潮的时候,老船长还是没有音讯
沙滩上的旧船掩埋了半截

风鼓起腮帮子,拼命地吹
那只螺号依然没有回声

一船起伏跌宕的故事,只剩下结尾
干脆留给鹬蚌,让其相争

我们用海沙筑城堡,用贝壳砌栅栏
用漂来的朽木,替代海神

拜一拜潮退了,太阳露出半张脸
点上佛香,湛蓝的天空就飘来了云彩

第六章　山村即景

抵近七月

正午的太阳,可点燃一串绽放的紫薇
火焰,能穿过你的瞳孔
惊恐的目光,被午后的斜阳折断

这激情的七月,沿着山路蜿蜒
直抵,湘西南的眉角
风一路尾随,吹走稻草人的草帽
灰烬,余热,殃及池鱼

一些重金属敲击的乐章,在旷野的
蝉鸣中越发激昂,蓬勃的禾苗
在垄上舞蹈,停靠在叶尖的红蜻蜓
收拢焦裂的翅膀

花帘笼罩雅堂,把暑热挡在窗外
黄昏从门缝挤进来,吻了吻
院内的几朵海棠,夜就改变了风向

晚风吹过来

晚风吹过来,紧拽我的衣袖
除了清爽,还夹带了私货
给我,捎来一粒蒲公英的种子

雪白的绒毛,像极了父亲散乱的发须
深褐色的外衣,如母亲种下的豇豆
莫非,它是来自老家的信使

风,高深莫测,故弄玄虚
悠闲地,在窗外的枝头拉起了二胡
悠扬的琴声,抵近故土

我已漂泊多年,不问花事
含苞的、绽放的,大多被风刮落
梦中的溪流,也已干涸

好马不吃回头草,所有的风
都不走回头路,而我
却紧随一粒蒲公英,踏上了归途

第六章　山村即景

在霞光里摇橹起航

在云上伐木，在水上踏浪
在烟波飘渺的晨曦，摇橹起航

桨叶上的渔歌，穿透霞光
拨动流水，为苍茫的大海梳理晨装

清波从天边涌来，你如洁白的浪花
摇曳我的木舟，相见恨晚

迎着金色的季风，向着希望的彼岸
我们撒网，网住一枚初升的太阳

波光粼粼中，我与你隔水相望
你梦里的小船儿，在我的诗中荡漾

乡间小路

老祖宗在后山的悬崖上
开辟一条羊肠小道
饿得发疯的蚂蚁啃噬了一大段
剩下的又被风雪拧成麻花

紧挨村口的这端七拐八弯
爷爷和父亲在拐上遛狗弯里牧羊
我与你两小无猜
天真烂漫牵着小手上学堂

你的黄毛辫长过路边的野蒿
像老村长家的牧羊鞭
抽得我直痒痒
把原本弯弯的山路笑得更弯

我不该把你留在荒凉的山旮旯
一个人走大路去了远方
每次回来我都不敢往后山上看
看一眼我就肝肠寸断

第六章　山村即景

开　悟

说话比不上挑水的哑巴和尚
思维赶不上一截榆木疙瘩

口含生鸡蛋练习英语
我意外地学会了囫囵吞枣

而老师的鼓励又让我心领神悟
他夸我
七窍已通了六窍

我并没有以此为傲
回家后只想静静
哪知村东头的那个静静就出嫁了

父亲的絮叨

回来了,就给奶奶梳个头吧
她珍藏着,你爱吃的萝卜盐菜[1]

顺便,给爷爷理个发吧
让他散乱的胡须,重新长出故事

把祖宗的牌位,依次擦干净
最好,放太阳下再晒一晒

斑鸠飞走了,还有麻雀
给孤独的稻草人,缝一身新衣衫

遇到过不去的坎,我们宁愿扛着
也绝不糟蹋,绿水青山

轻点,再轻点,不要惊扰梁上的雏燕
它们的歌声,能唤醒春天

---

[1] 当地方言。系萝卜腌菜。

第六章　山村即景

纸上人生

一纸白皑皑的冰雪，寒意料峭
文字的蚂蚁，雪中送炭
送来春暖，开启我黑白相间的人生

在混沌初开的荒原上
我用猫爪，在雪地里印出一树梅花
用鸡脚写个字，一竿翠竹
便长出黛绿的新芽

不小心打翻了砚池，所有的墨渍
都泼向天涯，低沉的云团
愈显厚重，这是否暗示
我的生命里，必将会有一场暴雨

那就让呜咽咽的风声，收拾残局
用笔，扫开通往后山的路
在坡上堆个雪人，刻上我的笔名

让我此生，与一页纸融为一体
上面，爬满黑蚂蚁

路过人间

从此岸到彼岸,我逢水吃水
从山这边到山那边
我在山靠山
其实,每时每刻我都在路过
只有起点,没有终点
那些成堆成沓的车票、船票、机票
都是我的通关文牒

慢慢地人世间,成了人中间
我喜欢靠边,目光所及的地方
就是我的远方,就是我
必将抵达的故乡

若是哪天走不动了,就把这身臭皮囊
送给秃鹫,但愿我的灵魂
也能长出飞翔的翅膀

沐心术

困扰已久的心灵,终于
垂下孤傲的头,压低了身段
依附于肉身上的暗疾,微微战栗
倦怠的眸光,闪耀着冷辉

倾泻的长发,被一镰利刃彻底地收割
惊得雀鸟斜飞,鹿儿四顾
将凡念,归还尘土

抵近一朵莲,聆听禅语
暗暗地欲将此生,捐于空门
你送来一束带刺的玫瑰,姗姗来迟
而我,已看破红尘

从此沐雨栉风,黄卷青灯
你我之间,永隔一条沐日浴月的河流
此岸,彼岸,各自成佛

命　运

命论终身，每个命根都如白纸
而运在一时，瞬息万变
难以琢磨

它有时如一缕清风，亲吻你的额
然后撒手远走，你抵近时
它冒着泡泡，像一条滑溜溜的泥鳅
当你紧紧地拽住
它又变成一条装死的狗

要是家运不济，我无法成为啃老族
国运好了，所有的钱袋子都能鼓
遗憾的是你和我
生在盛年，却当迟暮

第六章 山村即景

琴声瑟瑟

晚风的音色清亮,如霞光
掠过水面,惊扰归林的翅膀
漂浮的,银灰色的记忆,涂抹在
月亮背面的沙滩
一支橹,拨动了琴弦

涛声依旧,似水流年
发芽开花的声浪,高过激昂的洪峰
万顷绿波,簇拥滴翠的太阳
小船,载着晨曦返航

白天连着黑夜,组成黑白琴键
摁下去是低沉的鼾声
松开手,是呼啸而过的呐喊

我在跌宕起伏的水岸,听那年的你
吟哦一遍,再弹奏一遍
然后轻甩水袖,与我临台

第七章　穿越黄昏

倒叙时光

倒叙时光

望着墙上的挂钟
我开始发蒙
时针分针秒针
在翻山越岭
气喘吁吁
一坡陡过一坡

第七章 穿越黄昏

仰望一棵参天大树

三十年支起一架秋千
荡起缤纷的童谣

三百年撑开一柄绿伞
给路过的人遮雨

三千年铸造一顶华盖
伴随大王临朝

一条蛀虫、两三只蚂蚁
夺了王的江山

半 途

望着墙上的挂钟,我开始发蒙
时针分针秒针,在翻山越岭
气喘吁吁,一坡陡过一坡

仿佛是苦行僧的念珠,默默地数
在心底,丈量荒芜的征途
可否借一间草屋
打斋,念佛,歇脚

我夜半启程,肩挑一路风雨
在人迹罕至的大漠落草
打坐一棵菩提树下,欲修正果
让昨天质疑,让明日揣度

像蝉鸣,唤醒一片绿洲
将途中的难言之隐,交给一尾木鱼
让它复述,上半年的风起云涌

第七章 穿越黄昏

雨落经年

梦回故地,雨落经年
轻轻地滑过岁月的指尖,打湿了
你我的初见

我愿画地为牢,禁锢春心
不让思念泛滥成灾,不让逝去的年华
泪水涟涟

冷雨落下来,水滴石穿
我押上所有的筹码和雨伞,却换来
半截无疾而终的眷恋
不欢而散

在雨后再等千年,等来春意盎然
还是,一场皑皑的白雪
你在彼岸插柳,我在山南牧马
各自安好,且行且远

消失的河流

曾经的清澈,映照幼稚的脸
螃蟹的大闸刀,夹住嬉戏的童年
鸬鹚、水鸭、叼鱼郎
与水中的鱼虾,捉迷藏
撒尿和泥的我们,在夕阳里打水仗

而今,鹅卵石驮着残垣断壁
瓦片碎成新的沙粒,它们都在
烈日下走旱路,风餐露宿
祠堂前的一对石狮,抱紧一口枯井
窃窃私语

久违的雨,在石板上打滚
远走他乡的人们,望不见回头路
明知,暴风骤雨有灭顶之危
我也要借它做药引
拯救,病入膏肓的乡愁

第七章 穿越黄昏

低于尘埃的沙子

挑出肉中刺,抠出眼中沙
滩上城堡,开始倾斜
我沿着旧路,重返大海或者荒漠
寻找,沙的老家

微不足道的分量,忽略不计的海拔
在时间的漏斗里默默地流淌
不慎坠入红尘,被碾压,被践踏
而后,流落道旁

随风旋之九天,落下来就是巍峨的山
可阻断阳关古道,令八千里云月
寥无人烟

低于尘埃的沙子,往水里照一照
再晃一晃,转身掏出
聚光灯下,万众瞩目的金疙瘩

七月花

坐在七月的门槛上,聆听花开
譬如紫薇、睡莲、向日葵
满园姹紫嫣红,高举盛夏的缤纷

只有父亲的额头,盛开的小花
没有色彩,也没有声音
在火焰般的烈日下
不停地凋落,又不停地绽放

我以心为笔,写下关于花的故事
一些无名草木,篡改了结局
好比这株空心的刺槐,稀疏的枝叶
难以支撑,最后的花期

一些刻骨铭心的爱,也在凋谢
远离了红尘,一瓣一瓣地
随风而去,或落地成泥

一些虚拟的事物

三杯下肚,允你恍惚半宿
梦回荒村野渡,银狐为你引路
井台打滑,月钩缠住水桶
木轱辘失聪,自问自答有些饶舌
唠叨一些宝庆土语

风,打满补丁,夜半迷途
月亮猫着腰,爬进窗户
遗落的一截民谣,正踏着旧水车
哗哗地吟唱,唱黄一垄苞谷
仿佛,已逝的老祖宗

一段旧情浮在脸上,你羞于启齿
暗示,暗语,都无法表白
虚拟的真实,最好的结局是深睡不醒
醒来,你会想起鳏寡孤独

不再错过你

窗外的夹竹桃,在晨风中摇曳
默默地绽放,我来不及观赏
它已相继凋零

玻璃上的雨滴声,夹杂着鸟啼
我无暇聆听,匆忙忙把自己打扮成雨具
开门,落锁,转身一望
丽日临空

自从在街角遇到了你,我开始恍惚
徘徊于人海,仿佛每一张笑脸
都像你的回眸,我想呼唤你的名字
可话到嘴边,又咽了回去

我一错再错,错过了唯一的花期
错过不可复制的盛年,但愿
此生,不再错过你

第七章　穿越黄昏

望穿一池秋水

年少时，我曾干过一桩蠢事
爬上佛塔的穹顶
掩耳，摘下风铃
让古刹失聪

而木窗，斑驳的漆面嵌入一张
饱经风霜的脸，额上的雨水落在檐外
几滴冷泪，打湿了神龛
木鱼，经不起敲打
口吐真言

风在枝头张望，弹奏月光曲
一片通灵的叶子，随即长出了双翼
飞翔，驮着夜色的沉重
遥不可及的开悟，已穿过云层

面壁思过的崖，目光空洞
等不来进香的俗人
野渡，空寂的木舟茫茫然

摇摆不定，你孑立长堤
望穿，一池秋水

第七章　穿越黄昏

不再沉默

画板上，一张夸张的苦瓜脸
须发散乱，满脸污垢
你说还不够沧桑，或者成熟
我在自己的额头上，又补了一刀
月色，就爬上了鬓角

窗外，江湖依然辽阔
冷板凳上，半壶冷茶自斟自酌
暗藏的孤独、孤僻、孤傲
在昏暗的夜幕里潜伏，蠢蠢欲动
我遣字为灯，燃糠自照

熬过黎明，你临窗远望
望见远处的火山，正冒着青烟
如镜的水面，已卷起狂涛
听到狂风、暴雨、惊雷，呼啸而过
我揉了揉惺忪的眼，不再沉默

欲借一朵白云

晨光斜照草坡，奔驰的马匹
停下脚步，涌动的羊群
水波似的洇开，漾成错落的散章

山腰上的云朵，各自卷舒
云雀在云中嬉戏，安享蓝天的辽阔
风从山外来，吹着羊角号
轻摇慢晃，马鬃飘飘

欲借一朵白云，隐身于草尖
我装扮成羊的模样，恭顺，乖巧
像小羊羔那样学习啃草，奔跑
重温，跪乳之义

我愿与你，相守这片芳草地
成为草原的新主，让所有的云朵落下来
化作，我们的骏马和羊群

第七章　穿越黄昏

纸上旗袍

青石板的韵脚，跨过民国的风情
转身一晃，一枝桃花
在绢扇上盛开
绛紫、黛绿、湛蓝的云霞
裹住三月的小巷

薄雾锁眉，玉镶纤腰
古筝轻弹马蹄声，檀香袅袅
发髻低婉，锦领浅描
一树海棠擎起花伞，漫过香阶

逶迤的溪流，洞穿老街
汩汩清波漾成烟岚，芬芳四溢
引来一排白鹤，栖身沙洲

回眸时你气若幽兰，凭栏远眺
如一缕出岫彩虹，掠过水乡

看医生

医生的询问过于较真
他问我,高血压起于何时
吃啥喝啥,是否熬夜

我如实禀报,吃得寡淡
低盐低脂,如同斋戒

每日对着电脑,一坐半宿
抵近子时就有了灵感
我开始写诗

他干咳一声,打断我的陈述
说,写诗有罪

第七章　穿越黄昏

月光谣

月亮升起来的时候
一些陈年旧事浮出了水面

爹披星戴月，从山外回来
扛着灯油、盐巴、针头线脑
给我买了新书包

月光下，娘给小弟弟洗尿布
轻轻地捶打，搓揉，漂洗
我的童年

泥泞的山路，将我颠簸成泥娃
星星点灯，晚风擦汗
我在黎明前走出十万大山

风吹坳上的枫林，拨动我的琴弦
娘在月下打盹，忽近忽远

阳台旧影

这里坦荡荡,没啥隐私
不管湿漉漉的日子,还是发霉的往事
阳光,都会拧干多余的水分

有时,月亮不请自来
弯着腰,给你我涂脂抹粉
不分性别、年龄、贵贱,统一穿金戴银
忘却,时光的流逝

总喜欢张着嘴,大大咧咧
说一些天下奇闻,在茶盏上耍太极
一缕缕凉风,从壶口飘出

我倚在栏杆边,意念天边一朵云
向我挥手,靠近
然后手捧画册、诗赋,穿过窗纱
送我一张冷板凳

第七章　穿越黄昏

半张烧饼

医生说我的眼角，有一朵
固化的白云，好比
关闭了一扇窗户

视物混沌、重影，灰蒙蒙的天地
我说，即使割去
我也不大可能，照亮别人

转身，出诊所吃早餐
点了一杯牛奶、一个烧饼
服务员，却仿佛送来了双份

隔壁坐着两堆人，唠嗑昨晚的月亮
我听到玉盘、玉盏、玉佩的比喻
窃喜，好词好句

我喝光整杯牛奶，吃了半张烧饼
纠结全吃了，那些写诗的人
找不到月亮的新意境

穿越黄昏

落单的鸟儿,急于投林
风在枝头张望
一抹夕阳,打坐在坳上
等一个晚归的人

野蒿踮起脚,替代年迈的母亲
数一数,缀在柿树上的星星
侧耳,聆听
溪流淘洗闷热的夏季

炊烟蘸着水墨,涂抹走散的乡情
一盏灯,在风中摇曳
渐行渐远的背影和一个村庄
几乎,同时消失

苍茫中,急匆匆的时光
穿过黄昏,穿过月亮,穿过母亲
风伸着脖子,茫然四顾
故乡,夜色正浓

第七章　穿越黄昏

一弯明月照北湖

一叶扁舟，在水面上晃悠
月亮在倒影里漂浮
几个晚归的过客，抵近码头
湿漉漉的一弯新月，顺着竹篙
爬上了酸枣树

风吹岸柳，吹落白天的暑热
吹醒街角的一排霓虹
乘凉、漫步、观景的甲乙丙丁
如散落的星星，三五成群
隐入灯火阑珊处

湖中，几只野鸬鹚驮着夜色
游向对岸，几点渔火
给离群的白鹤指路
栈桥边，我俩听清波拍岸
月亮垂下银钩，勾描你我的轮廓

惊　鸿

一点朱砂痣，翩翩霓裳舞
水袖轻甩，让看客迷离扑朔

纤指拨琴弦，剑挑孤月
回眸一笑，万里江山瞬间失色

红伞素衣，微风拂面
牵来春雨滴答，洒向小巷幽深处

临窗赏荷，描出额间花印
泼墨重彩染红楼

两行清泪一声叹息，大雁落沙洲
心中苦难说，诉与一尾木鱼

第七章　穿越黄昏

我替姐姐长大成人

让她多睡一会儿
狗尾巴草依偎在她的身边
风不敢摇曳，为此
山坡由陡峭降为平缓，溪流
刻意拐了个弯
裸露的石头，轻轻地涉水而来
举着一双旧布鞋

沉于水底的倒影长满了青苔
大黄狗蹲守在岸边
一朵浪花卷起宝庆土语
替我，喊了声姐姐
檀江哽咽

二婶说姐姐在水里种水痘
在天上栽天花
我咬破嘴唇，爬起来满世界寻找
那个背我过河
给我摘星星和月亮的姊姊
只想告诉她，我已替你长大成人

倒叙时光
DAOXU SHIGUANG

顺着雨水游回云里

小鱼学会了逆水，溯回峡谷
跃上瀑布，在天池等我

我从海面上飘过，打坐云台
下可深潭沐浴，上闻空山鸟语

一个用脚跟倒行的人，返老还童
回到河姆渡，手操新石器

用榫卯法搭天梯，继而围海造田
在石屋旁，造一座禅悦古刹

永不瞑目的木鱼，在经书上题诗
禅意，顺着雨水游回云里

第七章　穿越黄昏

八月风光

穿过盛夏，子弹[1]在风中飞
炎炎的烤炉仍在，炉火正旺
橙黄的稻子，是八月提炼的真金
阳光酿造的芬芳，依旧灿烂
直面，生命里必不可少的一次燃烧
如紫薇花一般，倾泻激情

苦瓜棚下，乘凉的老人
借月光疗伤，伏在茶案旁的小花猫
竖起耳朵，聆听
远处，传来一阵沉闷的雷声
星星与蝉鸣，各自安歇

令人难以琢磨的雨，一点一滴
敲击绿荷的琴键，奏出催眠的夜曲
离愁、伤感的思绪开始弥漫
在黎明之前，染黄了草木

---

[1] 子弹，表达归心似箭之意。

酝酿一场秋雨

落下来的,统统归还夏季
悬在眉梢的,正在为秋天蓄势
西风拨动着心弦
搜刮,初始的萧瑟

垂钓的老人,渔舟唱晚
钓起,一尾长满鳞甲的落日
湿漉漉的木鱼,吐出江湖旧故事
腮帮子挂着冷露

两岸乌云压顶,荻旗飘飘
一丛丛芦苇,夜半醒来都白了头
纷纷扬扬,虚拟一场雪
长袍短褂的行人,忙于奔命

憋在胸腔的闷热,经过秋雨的冲刷
酿成清流,一朵朵待放的幼菊
在水墨里洇开,一场积郁已久的心雨
淅淅沥沥,浸入骨髓

第七章　穿越黄昏

丢失的记忆

恰如旧式电脑，磁盘小，内存小
勉强，容下半个我
不可复制，不可粘贴，甚至不可还原
丢失的那半个，常在键盘上溜达
徘徊，隐身为省略号
游离在新诗之外，因此
我无法返回缠绵悱恻的童年

在词根的废墟，翻出一些记忆的碎片
拼成一把破旧的雨伞，罩住两张
乳臭未干的脸，两双赤脚露在外面
土布书包，挂着四只布鞋
手中的冷红薯早已碳化，你的眼泪
凝成琥珀

我把它打磨成念珠，默念一句土豆
天就蓝了，再念一句翠花
蝴蝶就翩然飞来
我想焚化手中的这把新伞
却再也找不到，那条泥泞的小路

浅 秋

前面是个十字路口
左边晴,右边雨,中间刮西风
不管走向何方,你已抵近
秋的盲区

画风变了,那个泪流满面的孩子
停止了哭泣,进入梦乡
山涧里的石头,露出半个脑袋
引颈张望

我们走在山路上,穿过峡谷
看见虎的花纹,惊吓出来的汗滴
火一样流淌,幸好
拐弯处有村烟,微凉的风

老猎户就住在坳上,他捡拾银杏树
落下的黄叶,煮茶泡酒
半岭秋色,从他的土瓦罐里
吱吱地涌出

第七章　穿越黄昏

垄上背影

田埂上,稻草人闭目养神
几只家雀,在禾茬间捡拾遗落的谷粒
一只鹭鸶啄开晨曦
用汩汩清流,梳洗初秋的疲惫
西风,凉了半截

歪脖树的影子,被朝霞夸张为
一条直线,把秋天的田野一分为二
左手掰苞谷,右手种土豆
齐肩高的荆棘草,封堵了路口
鸡犬、牛羊,望而却步

牛轭的侧影如父亲,父亲的背影
是犁铧,他们时而互换
时而重叠,湿漉漉地走过风雨
与草木共枯荣

第八章 秋日私语

倒叙时光

剪影时光

西风
的随尾
摇醒了皂荚树
老院子还在睡梦中
七八只土狗
汪汪地吼叫
向着我
猛扑

第八章　秋日私语

写意菊花

等时光慢下来，等屋檐上的瓦片
再冷一些，让西风回头
撩开她的面纱，舞动裙摆

颔首，低眉，笑不露齿
将秋天的落日余晖，举过头顶
点一盏灯，在风中摇曳
映照一泓秋水，从清浅处滑过指尖

拾起漂浮的红枫，题写遗忘的凡念
把三秋离别，八千云与月
聚于笔端

纸上落满白霜，裹住怀旧的破庙
墙角、祭台，遍布紫色的旗幡
你打开山门，放飞一群白鸽
以鹅黄的悲悯，搀扶枯草

七月半，我啥也没说

盂兰盆，盛着三牲和百味五果
以此，供养瓷质的佛陀
黄昏的嗖嗖凉风，将一缕缕清香
送往天国，历代祖宗
沿着旧路打马回府，菊花铺路

堂中烛光透亮，置一排空椅
空案，空杯，四大皆空
我匍匐在父亲的身后，小心翼翼
磕长头，作揖，敬茶，斟酒
庄严而肃穆

为了这顿团圆的家宴，父亲从春忙到秋
祭祀的鸡鱼猪，壶中的糯米酒
都来自一双玩泥巴的手
我如鲠在喉，欲禀报洪灾及疫情的肆虐
看父亲眉头紧锁，我啥也没说

第八章　秋日私语

老院子的狗宝宝

尾随的西风,摇醒了皂荚树
老院子还在睡梦中
七八只土狗,汪汪地吼叫
向着我,猛扑

它们龇牙咧嘴,都摇着尾巴
用舌头舔舐我的两袖清风
让我暂忘了旅途的疲惫,同时忘却
这是离别,还是重逢

早起的狗爷,在村头遛弯打太极
远远地与我打招呼
嘘寒问暖,从烟管冒出的火星
全是,掉渣的宝庆土语

巷子尽头,三间老屋在风中颤抖
我站在门前,等墙上的父亲
指认我的脊梁骨,等母亲从后山回来
煮茶造饭,再喊我一声狗儿

为秋天鼓掌

在水落石出之前,洒一场雨
浇透西山,浇灭明火
给南飞的大雁,拓八千里云路

让落日浮在河面,映照白头的芦苇
让它们,妆成一瞬的红颜
溅起羞涩的浪花,为秋天鼓掌

一支橹声,拨动几片云影
枫桥外的枫木林,落叶纷纷
如迷途的蝴蝶

长堤之上,远山逶迤
老风口,被薄暮临摹成枯黄的草色
一缕西风,从袖子里拱出

天高云淡,凉风习习
一匹白马匍匐在菊丛中,预谋
十月围城

第八章　秋日私语

望断了乡关

除了岌岌可危的白茅，高坡上
黄土龟裂，寸草不生
干瘪的沟壑，掉渣的土路
在寒风中崩塌

曾经，清澈如镜的水井
早已干涸，倒伏的烟囱
冒着青烟，压扁半截乡音，音色嘶哑
村头的苦楝树，以枯枝搭棚眺望
踮起脚，望断了乡关

我顺着你浑浊的视线
飘过远山
如一朵浮萍，漂浮在苍茫的水面
江湖浪急，我噤若寒蝉

娘啊，我为忠孝两字竭尽了半生
却，无法两全

坳上秋色

描出落日,描出火烧云
描一条如虹的归途
在坳上,放飞几只家雀
用两颗鲜红的柿子,为秋天点睛

说出族人的禁忌,弄明白
一条溪流消瘦的原因,用芦絮和月影
这些银亮的事物,置一副手镯

一片离开树身的叶子,轻飘飘在空中
飘浮半生,到了落地的时候
却,悔青了肠子

倘若凉风从左耳进,右耳出
耳洞的花喜鹊,定会飞上斑斓的瓦脊
叽喳喳,预报新人的佳期

深紫的葡萄,已染红了酒樽
你得在落叶归根之前,赶制嫁衣

第八章　秋日私语

秋天的花坛

起风了，花香夹杂落叶的枯黄
替秋天代言
对面，一枝云杉斜逸着
向你挥手

你站在老地方，看路人上天桥
半空中云游，车流打着圈扭头朝东
你手中的拐杖，在花圃前
默默地褪去了铁锈

怎不见蝴蝶串门，也不闻一声鸟语
菊花三缄其口，你战战兢兢
一步一步向花径挪移
蓦然想起，曾被蜜蜂蜇疼的情窦

弯下腰来，你抚摸枯萎的叶片
在石凳旁寻找青涩的倩影
却忘了，我是你
攥在掌心的那瓣落红

心中那朵莲

绿水与淤泥都是你的
你捧着一粒莲种,潜行,孕育
与人间,藕断丝连

幼芽,攥紧拳头
露出了水面
那是你,对春天的呼唤

先授苦寒,再传酷热
慈悲需要反向施压,吹落
卷边的杂念,不让清风白走一趟

用一朵纯粹的粉白,感恩暑夏
以泛黄的荷叶,誊写经卷
给秋天,筑一座莲台

以净瓶蓄水,柳枝拂牙
将落红垒成佛塔,让你心中的莲
替代菩萨,开口说话

秋日私语

雨漫不经心地抛洒，把酷暑一层层剥开
淋湿，浇透
风停下了脚步，半途折返
欲从时光的源头起步

一些草卧地不起，一些叶回心转意
路边的野菊，满头的雾水
忘了，摇曳王旗

而老家，常用来牵肠挂肚
我要在银杏落叶之前，抵达故土
给南墙披上秋衣

补锅匠早已故去，老篾匠也将搬离
我与蚂蚁做了邻居，树上两只话别的斑鸠
窃窃私语，跌落的那片金黄的杏叶
是我春天遗失的钥匙

秋风拂过老院子

从河西起韵,一路上扬滑向河东
耳熟能详的渔鼓调,如数家珍

流水不急,浪花急
哗啦啦砸向崖壁,白沫横飞
迭起千层雪

石板桥头,稀疏的柳丝
晃荡,飘拂,钓起一叶小舟
载着风,载着雨,载着凉薄的乡愁
惊扰,歇脚的白鹭

返乡的花喜鹊,独自撑篙摇橹
向着对岸的老院子,划开十里清风
秋波暗送

晚风醉了,吹着唢呐跌入松涛
一树板栗笑破了肚鼓
留下秋月孤芳自赏,在枝头独舞

第八章　秋日私语

老天打了个喷嚏

郁闷憋在心头，死灰复燃了
老天，打了个喷嚏
雨，应声而落

都不按常理出牌，直接从我的后脑勺
用木瓢泼，苍茫的鬓角
溅满银白的水花

继而断断续续，两三点冷泪
就让白天背上夜的黑锅
让跋涉的大雁，多走了五里冤枉路

风，叩不开窗门
呼啦啦，越过篱笆翻墙而过
撕破了薄暮

风雨过后，天空更空
大地，远山，草木，彰显季节的本色
擦洗过的菊花，秋意正浓

大致如此

整日忙碌得忘了姓氏
忘了太阳是西沉还是升起
霞光藏匿着走丢的羊群
一匹枣红色的烈马
挣脱了缰绳

漫天的星星眨着眼睛
暗示一枚新月会穿过云层
夜行人逆流而上
也不大可能让西风折腰转身
再往南吹

就如这俗世凡尘的聚散与悲欢
能有多少称心如意
站在结局面前总觉得一切还没开始
一团乱麻还没理出头绪
你我已垂垂老矣

第八章　秋日私语

祖屋里的石磨

沿着，逆时针的方向旋转
推了一圈又一圈，磨了
一载又一载，母亲
从少年磨到中年，祖母
磨穿了她裹足的残年

我泡在米糨糊糊里，降临尘世
吱吱地打转，从石磨的
牙缝里蹦出来

石磨，旋转得太快
磨碎了自己坚硬的齿骨，也磨碎了
远去的农耕岁月，一丛野草
自石磨的洞孔探出头来，西风
从荒野吹过，呼呼掠上树梢

谁掀开半壶浊酒，化作
一声长叹

倒叙时光
DAOXU SHIGUANG

风 铃

院子里，小过掌心的风铃
有事没事，都想轻轻地敲它几下
然后放在耳边，听悠扬的回声
更多时候，是鸡在刨
鸟在啄，风在吹
弄脏，就让哗啦啦的溪流冲洗

卷尾巴狗，长舌卷旱烟
舔净铜烟管，火星从鼻腔冒出来
滋滋地响，村西头
冒青烟的旮旯，是我家的祠堂
挂在龛上的二胡，穿堂风一吹就响
父亲走后，它音色嘶哑

大槐树下，父亲的同庚们打麻将
碰、掐、杠上开花
稀疏的笑声，难以唤醒
沉寂的村庄，反而
撞痛我，贴近胸口的旧风铃

第八章　秋日私语

童言无忌

枕头边的袜子里,藏着儿时的梦
梦的圆心,被毛毛虫蛀过

早晨去上学,影子总在我的身后
拖拖拉拉,害得我天天迟到挨批评

上学路上,逮着个蝈蝈
让它在音乐课上,做我的替身

遇到难题时,我就咬笔头
然后咬自己的指头,我感觉老师在疼

放学回来,吃三碗饭就饱了
饭后想了想,前两碗都属于白吃

叩开吉祥之门

我的天空,悬浮不明飞行物
只有你能解读
是福是祸,是否需要降落
你掐指一算,沉默不语

仿佛,虚无的惊恐笼罩白昼
空气中弥漫着彷徨和忧伤
时而忐忑,时而从容

喜鹊叫了一声,乌鸦应了一回
天敞亮一阵,又暗下来
一切归于混沌

我用耳朵贴近听筒,用额头
试探,测温枪的体温
口罩戴了三层,我手持绿码
叩开,吉祥之门

第八章　秋日私语

你在画中

最先凝固的是时空，风挣脱了羁绊
夜半醒来，从画框里飘出
水开始流动，穿过一只蝴蝶的瞳孔
蚂蚁撑篙摇橹，荡起桨声

你的翅膀驮着晨露，偏听
蜜蜂的花言巧语，将一片醉醺醺的枫叶
当成，含苞待放的芙蓉
误入了迷途

灰不溜秋是石头，五彩斑斓是落红
秋天，无需额外增色
你如鹅黄的瘦菊，不惧风霜寒凉
珍藏着，不老的秘诀

我在画外，用文字擦洗余年
偷偷遣几个虚词，搭建一条时光隧道
重返那年仲秋，与你放牧童年
我，正倒骑着毛驴

秋风轻轻地吹

蹑手蹑脚,干咳了几声
轻轻地叩开窗门,让那些留守的老人
起身晨练,摇树,拂草
累得气喘吁吁

太阳露出半张脸,你开始运气
向着枫林轻轻地一吹
抖落半山秋色,给九月送来凉意
给村庄制造惊喜

我立在村头踮脚远眺,听到
喜庆的唢呐,由远及近
看见扭扭捏捏的花轿,抬进了老院子

你左手高举灯笼般的柿子,右手提一篮
笑咧嘴的石榴,轻轻地一吹
便掀开,秋天的盖头

第八章　秋日私语

捕捉诗歌的意象

那是一道独特的灵光,像婴儿的眸子
清澈透亮,星月在水面上行走
太阳在文字中穿梭,你在诗行之外
撅着小嘴,站成了散章

从你的睫毛上,捕捉
多愁善感,从你的两个兔牙缝隙里
抠出,儿时的棉花糖
落在纸上,全都化为深秋的白霜

谁都知道,村里人用电饭煲煮饭
用液化气炒菜,但诗歌需要柴火
我只好虚拟几缕炊烟
杜撰,一个返璞归真的烟火人间

时而朝着逆时针的方向,回到从前
翻晒,童年的陈谷子烂芝麻
常唠叨一同上学,借橡皮擦的小翠翠
尽管她多年前已经出嫁

倒叙时光
DAOXU SHIGUANG

今天开学啦,写首新诗吧
我还在找书包,你已揪住了诗的尾巴

九月的校园

瓜果飘香，金风送爽
秋天的象牙塔，飘出琅琅读书声
升腾成南飞的大雁

领头雁是圣人，紧跟七十二贤人
三千弟子，驮着论语
半部治天下，半部修身

他们歇脚时，倒伏的草、飘拂的叶
都会相继苏醒，石头和蝼蚁
席地而坐，沐雨听风

吟《诗》《书》《礼》《乐》
唱《春秋》雅曲，校园内外春意盎然
刮起尊师的风

翻遍九月，找不到我的启蒙师
他默默地在我的灵魂深处，点一盏灯
教我一撇一捺，写人字

倒叙时光
DAOXU SHIGUANG

夜深听虫鸣

从一张白纸进入,侧耳聆听
夜幕闭合之声,一片片落叶悄无声息
悬挂檐角,晚风道了开场白
急匆匆扑向枫林,秋夜的大舞台
交给了虫鸣

纸上的黑蚂蚁,跷着二郎腿
打着节拍,听蛐蛐、蝈蝈弹奏钢琴
秋后的一群蚂蚱,狂喊乱叫
预谋,最后的蹦跶
小于米粒的蚱蜢,掀起云朵大的声浪

身穿花衣的金龟子,爬上了月亮
星星不眨眼,它不开腔
我如一只土鳖虫,潜伏于灰暗的墙脚
耳背嘴哑,双手可举纸灯笼
一刀,切断九根葱

第八章　秋日私语

稻草记

草垛，一座紧挨一座
秋天的每一座草垛，都藏着新娘
今天，小孩子过家家
我是抢亲的大王

草绳编织花轿，晚风吹起唢呐
呜哩哇啦，新娘子头顶
一朵稻草花
尖叫，嬉笑，哭嫁

草垛前拜天地，拜草扎的菩萨
荒野里露宿，撒尿和泥巴
做几个敦实的泥人，养儿育女
抱紧，穿草鞋的童年

而今稻草人还在，麻雀还在
不见，过家家的玩伴
我捧着，一本翻出毛边的童谣
在歪脖树下等你醒来

落单的雏鸟

暮秋斜阳,拉长芦絮飘荡的影子
晚风,吹弯一条归途
长堤外,守灵人在湖边遛狗
扛一面白幡,指点雁阵

雁南飞,飞过皲裂的荷池
空寂的村庄,如我
飞过打拼的城市,打捞一地金黄

你的翅膀,驮着一湾清澈的溪流
萋萋的芳草,成群的鱼虾
我的行囊,背负着他乡的风雨雷电
被汗水打湿,无法引爆

你的嘶鸣,唤醒我的困顿
一只落单的雏鸟,再次振翅高飞
愿与我,浪迹天涯

第八章　秋日私语

父亲，从梦里回来

一丛崖菊开在五里之外
三五朵桂花，在长亭之外
呼唤你的名字，其实你哪儿也没去
就在坳上打了个小盹

那时的你，穿一身黑色的土布衣
裤脚沾满稀泥，前襟后背
画满盐白的地图
大半辈子扛着月光，啃着西风

放下碗筷就喊疼，只有给我们讲
吴刚砍桂树，你才舒展了眉头
砍着砍着，就眯了眼
仿佛被月光里的人，下了蒙汗药

如今的你，二十多年没喊疼
戒烟，戒酒，从不抓药
一个长眠九泉的人，梦里回来
多像那棵砍不倒的桂花树

炊烟豢养的云朵

白驹过隙，兔子隐于草莽
一只羔羊迷途，随雨夜行的风
捡拾，咩咩的回声

云朵，麦芒上的羊群
顶礼朝阳，默念每一滴晨露
披一身虔诚的霞衣

如棉花果吐絮，鹭鸶应景而舞
白茫茫铺满故乡的田垄
织成云海，温暖远方的老屋

一缕流云踏月而过
驮着满头雪霜，儿时的深深小院
挑灯笑迎，乡音未改

你悄悄走近，似白云出岫
抵达童年的渡口，远帆之上
我是炊烟豢养的云朵

第九章 一袋小米

倒叙时光

倒叙时光

远处的一棵树
摇动腰身
敞开
牧羊人的毡帐
八月的马头琴
音域高昂

第九章　一袋小米

放牧草原

一声响鞭,羊群咩咩地冲出栅栏
散落在草原,投宿的大雁
成群结队,一排排借宿于草尖

远处的一棵树,摇动腰身
敞开,牧羊人的毡帐
八月的马头琴,音域高昂

青青草地,躺下去
就能回到故乡,回到有你的梦中
点燃,含情的篝火

转眼风起云涌,雄鹰梳理翅羽
一双利爪擦出闪电
如铁的长喙,啄开惊雷

一棵大树擎起羊群,雁阵
几点秋雨,点缀九月辽远的草原
风雨中,我等你打马归来

倒叙 时光
DAOXU SHIGUANG

老院子的黎明

从通红的灶膛起身，顺着烟囱
袅袅升腾，隐入夜色苍茫
东边一道鱼肚白，擦亮地平线
将北斗七星，擦到闪光
重新摆成问号

十字路口，摁亮的桃红李白
示意你稍作停留，给小草开绿灯
我趁机从暑夏匆匆赶来
陷入，秋寒的沼泽

如弯腰浣衣的村姑，你伸出温暖的小手
我是你扬在半空的棒槌，拍打
一湾汩汩的秋水，晨曦的第一束阳光
映在你的前额

你我的影子重叠，被晨辉夸张地拉长
我们相向而行，又擦肩而过
你回眸时的莞尔一笑，让这个
清闲的秋天，唇齿留香

第九章　一袋小米

乡下的月光

往年这时候,月亮会沿着那条
羊肠小道,来到村前的荷塘
跟青蛙学游泳,听蟋蟀吹唢呐

秋夜,它挂在歪脖树梢
用夜露酿桂香,它坐在高高的
草垛上,听爷爷讲冷笑话

有时候,它蹲在天井的石墩上
陪二婶纳鞋底,唠旧事
跟奶奶学习纺棉花

全村人都把它当灯盏,小狗小猫
也披上了银裳,但我是个例外
独自在煤油灯下读童谣

夜半醒来,月光从窗户弯腰进来
靠在枕头上,对着耳朵呢喃
至今,我还能记起那张清澈的脸

磨刀石

冷兵器的性子，憨厚，耿直
一辈子，都在硬碰硬

追风马、轩辕剑，与它达成了默契
谁两肋插刀，或者借刀杀人
都与它没啥关系

喜欢锋利，喜欢快刀斩乱麻的人生
每一次削铁如泥，都不在乎
磨破茧子，磨出血

它在尘世的低处，以扫把抹布遮羞
只会打磨，把骨头磨成粉末
哪一天磨穿了天灵盖，剩下的部分
照样能擦出星火

第九章　一袋小米

第 37 个教师节

每当这时候,我会哭着喊着买书包
陌生的你,弯下腰来
告诉我,土豆、面包、白米饭
就藏在山的另一边

我顺着你的视线,闻到九月的花香
你说,我是一朵瘦菊
不惧风霜

手把手写下一撇一捺
对着新课本,捋顺我的宝庆土话
夜幕降临,你陪我坐在数星星的草垛上
在我心中点一盏明月

羽翼渐丰的我们,一个个远走高飞
却让你,孤零零的原路返回
今年的教师节,我又想起当年的你
旧伤疤皲裂,再次滴血

筑路的扶贫干部

他隐入春风,飘至坳上
在晨曦抵达之前,翻开老院子的
户口簿,开始点卯
推开柴门,听惯了鸡鸣狗吠
嘘寒问暖间,他先探了探
床上单薄的被褥,然后揭开锅盖
闻一闻,山涧的淳朴

他与村民一道,脚踏白云
肩扛大山,填平村前贫瘠的峡谷
凿开绝壁险峰,一条祖辈
梦寐以求的康庄大道,直抵人的心扉
山中的竹笋、椿芽、猫耳菜
带着山野清新,泥土芬芳
全都摆上城市的餐桌

他走下山来,成排的路灯紧随其后
留下枝头明月,映照满天星斗
只带走,衣襟上的一小勺
热乎乎的故土

第九章　一袋小米

风中的秋千

皂荚树下，两条铁链系着一块木板
在风中荡去荡来，让我们
看到更高更远的风景
从年幼到暮年

秋千上，我的视线起伏颠簸
惬意也开始不停地摇摆
秋风，是个长不大的孩子
趁着给我们梳理乱发的机会
窃听，青涩的心事

曾经飘逸的裙摆，纯真的笑脸
飘散又聚拢的云彩，全都被风刮走
只剩下空荡荡的村院

回到坳上，儿时的玩伴大多故去
我却在树下的一堆落叶里，翻箱倒柜
找寻，回不去的从前

牧羊人和他的羊群

接过父亲的牧鞭,他当上了羊倌
不想走"娶妻,生子,牧羊"的老路
但喝羊奶长大的腿,始终
不听使唤

此时,羊群在山坡上吃草
他在石头上打盹,掰着手指头
清点相依为命的宝贝疙瘩
数来数去,忘了在他怀里撒娇的羔羊

美梦,被女人的骂声打断
落单的羊,糟蹋了邻居的大豆高粱
他得低声下气,扮笑脸,说好话
该赔的赔,该罚的罚

他高举牧鞭,向着羊群砸下去
正砸中自己的心尖尖

第九章　一袋小米

垂钓流年

时光漫不经心,流水般消逝
黄昏与落日混为一谈,古寺的晚钟
拖泥带水,惊动湖面的浮标

我的竹钓竿太旧太短,钓钩生锈
鱼篓漏风,鱼在深潭晃悠

余下的日子,在水岸上晾着
干瘪瘪的,注定翻不起滔天巨浪
新置的遮阳伞,停靠着
九月孵化的蝴蝶

插在岸边的竹篙,似乎长出了根须
漾起鱼尾纹,隐隐约约
传来儿时的童谣

小船横在湖心,放下长线
撒下诱饵,鱼儿在诱惑中彷徨
我突发奇想,让鱼儿钓我
或者握手言欢,垂钓空寂的时光

落叶季

蝴蝶销声匿迹后,一树碧叶染成金黄
展翅欲飞,飞进秋天的童话

故事,由一片落叶书写
把萧瑟、飘零、逃离和一败涂地
写成凯旋,把叶面卷成爆竹
在半空中炸响

把所有的落叶串起来,装订成
诵读的黄卷,点一盏青灯
陪木鱼说说心里话,向寒冬许愿

把大街小巷的枯枝烂叶堆成山
交给环卫工人火化,让缕缕青烟
飘向各自的故乡

我是野地里的一片树叶,落在
农夫的果园,先做肥料
再换一副面具,裹着时鲜果蔬
摆上祭台

第九章　一袋小米

一些同行人

开始并不陡峭，路边开满小花
清风拂面，蝴蝶蹁跹
偶尔，能听到叽叽喳喳的欢笑

渴了饿了，喝山泉吃烤地瓜
天为被，地为床，临时落草
在一棵槐树下歇脚饮马
一枕黄粱

前路迷茫，沼泽，雪山，黄沙
没有平坦大道，只有
人迹罕至的荒漠和宁死不屈的胡杨

没有人告诉我，脚下的路
到底有多长，只知道同行的一些人
背负着旅途的风霜，拐几道弯
就不见了

塔 吊

他高入云霄,比城里的高楼大厦
还高出两只耳朵,要是困了就站着打盹
饿了,就站着吃喝
从不张口说话,西风替他狂吼

他干的是重体力活,与那位
来自僻远乡村的架子工,是过命的弟兄
什么钢筋水泥,大小构件
它伸伸腰就可搬走

烈日下暴晒,流汗是家常便饭
流血,有时候也不可避免
架子工磨破了茧子,把命晾在钢管上
裸露内心的暗伤

鞭炮过后,有人领到了房产证
架子工背着空瘪的行囊,踏上了归程
孤零零的塔吊,叮当作响
被肢解成一堆废铁

第九章　一袋小米

中秋月

晚风，在桂花树上拉二胡
一些花香，飘落院中

小院里的茶和酒，坐井观天
独饮独酌，月亮站在门外
徘徊，不肯进屋

它和你一样，都有说不出的苦
既要指点，王维的归雁飞过胡天
又要照亮李白的床前

岳飞的八千里路，姑苏的城里城外
它巧用分身术，拨亮万家灯火

我们打开窗子说亮话，唠家事
唠月光下走失的亲人旧友，唠那些
裹着白霜的乡愁

月亮走，你不走，而远方
娘从初一开始掰手指，掰到十五

浇几间仿古的青铜屋

也许是积郁太久,一眨眼
就能望见故乡的愁容,我不该
把梦筑在危崖,危如累卵
一篮子鸡蛋碎于逆风

在哪里跌倒,我没在哪里爬起
摸黑返家,从父亲的农谚里
淘得一部分青铜,这回
我选择浇筑

打通十八层地狱,换来地契
浇几间仿古的青铜屋,用来怀旧
再浇一棵不落叶的摇钱树
让喜鹊筑巢,养儿育女

我与你坐在吊脚楼上,观景,赏诗
翻阅自编的故事,看园中
那几朵带刺的玫瑰,怎样梦碎梦圆
演绎出多少爱恨情仇

第九章　一袋小米

金秋十月

霞光蹑手蹑脚,爬上寂冷的窗台
掀开,金秋十月的睫毛

一枝吊兰,在风中飘拂
映在斑驳的墙面,如我写意的狂草

秋天的景色,似一点点加深的水墨
洇染老屋的门额,忘了留白

丹桂飘香,遍地菊黄
麦苗已经绿针一样,覆盖了田野

蔬菜大棚,储藏着另一个春天
水果摊,仍能闻到三月桃李的芬芳

十月再次轮回,开始洗牌
田间地头的白霜,似乎也一缕缕变黑

晒谷坪

晒稻谷,晒高粱,晒苦荞
晒父亲古铜色的脊背,也晒我
弱不禁风的童年

夜晚晒月亮,晒我们的穷快活
晒久违的露天电影,让僻远的村寨
尽情地狂欢

晒那些不堪回首的岁月,晒各家各户
漏风的絮被、陈谷子、烂芝麻
偶尔,晒一晒乌鸦的丧歌
晒纸人纸马纸灯笼,在烈日下焚化

晒走许多旧人,也晒老了村舍
再晒晒,我们就长大当家
开会协商,把晒谷坪改建成农贸市场
从此,我们贩卖绚烂的阳光

第九章　一袋小米

冷藏的眷恋

收敛起，忧郁的目光
送你冰清的凉爽
伸展出，萎靡的姿态
还你玉洁的温暖

我不让一颗心灰意冷的晨露
在眉梢，绝情凝霜
我不忍半滴斗志消沉的泪珠
从眼底，堕入沧桑

天空的斑斓涌动着垂落的温度
将冷藏的眷恋，解冻
大地的肃杀辽阔着向上的风度
着秋红的马甲，迎冬

倒叙 时光
DAOXU SHIGUANG

白茫茫的黄昏

飞雪把回家的山路
搓成一条井绳
我拉着绳的一端
如拉着乡亲的衣襟
雪花飘洒在我的身后
抹平归途的印痕

我用冻僵的咳嗽
咳出方言
炊烟就伸出屋顶
引来大黄狗一阵狂吼

跨过门槛心惊胆战
神龛面前我匍匐在地
不敢直视挂在墙上的父亲

望着白茫茫的黄昏
像望着母亲白发苍苍的背影
我哭不出声

第九章　一袋小米

年关，雪煮的乡愁

你已漂泊多年，懂事多了
就不再叫那诨名，直接上酒
老家人知道，你喜欢
过年的江南雪，曾经堆起的雪人
仿佛，还在梦里起舞

酒是陈年的高粱红，有点浊
加点辣吧，菜是资水河的卤豆腐
宝庆府正宗烟熏的猪耳朵
时懵时聋，你可想起
那壶雪煮的乡愁

想起雪灾中，通红的炭火
温暖，南来北往的匆匆过客
可眼前一盏酒、两把泪
抖落，游子的痛
一盏半生的离愁，就涌上了心头

老屋后的竹林

老屋后的竹林,忽远忽近
一片竹叶衔在口中,轻轻地一吹
侧身而过的溪水,即刻回流

倒影模糊,卵石上的青苔不再泛绿
童年的鸟窝,还在枝头摇晃
斑鸠年迈,已迁徙到林外的高枝

土砖屋像个缺牙的老人,哭和笑
是一样的表情,哼出来的方言
打着南风卷,夹杂着渔鼓曲

老篾匠走了,竹林更加肆意蓬勃
道旁水岸,房前屋后
全都长满高风亮节的翠竹

一根瘦弱的竹笋,拱破堂屋的肚皮
倔强地站立,仿佛在替代游子
看门,尽孝,承继香火

第九章　一袋小米

读　秋

一朵菊黄泅染封面，扉页上的月亮
终于填补缺口，回到十五
依然有聚散悲欢，从页眉间溢出

谁把落红当书签，谁将荻花戴鬓角
秋的色彩太浓，阳光过于稀薄
风，只顾及季节的风度

在秋的序言中，你读不到我的孤独
因为，山间的小溪开始断流
草垛上涂抹着一片冷露

只有在秋的深处，空寂的田野
你才能看见麦茬上的割痕
呵护，一抹新绿

此时，你坚信我已悄然复活
剩余的页码，你不想翻读
再读，离愁会封堵所有的路口

坳上的老院子

路灯、牌楼、别墅、豪华车
都错落有致,摆放在坳上的老院子
喝喜酒的人们,满脸春风得意
村道上,跌落一地笑声

安装自来水后,村头那口老井
成了摆设,成了村史里的唯一见证
老院子,像个害羞的村姑
穿上新衣,却不善言辞

后山那些故人,终于笑出了声
他们的寝宫日新月异,花岗岩基座
大理石围栏,一座阔比一座
高大威猛的碑石,刻满吉祥的颂词

他们的子孙,都在外漂泊
清明祭祖,是故乡最后一张王炸
高耸的新屋,是团聚的桃符
平时铁锁把门,人去楼空

第九章　一袋小米

关于你

从微信群的聊天,背影做的头像
以及你诗中的描述,拼凑出
一个模糊又清晰的你

下岗,杀猪,长街上卖烤红薯
到如今的架子工,很难想象
长满老茧的手,能写出从不喊疼的诗

你说,爬上城市的穹顶
就意味着离世俗更远,离天堂更近
可探寻,尚未开发的新意境

整日与钢筋打交道,身板会越来越硬
需要软嫩的词语,做疗伤的药引
闲暇时你在云朵里,翻看药书

混迹人海中,或者某个工地
我的确认不出你,但陌生只占一分
九分,如我走散的亲人

秋天的酸枣树

喜欢孤独,喜欢泡一壶黑茶
坐在石凳上,翻看闲诗
喜欢看院外的夕阳,跌落酸枣树
聆听,倦鸟归巢

酸枣熟了,熟成了葡萄
吃的人说甜,没吃的人说酸
只有娘说,这是正宗的秋天的味道

每当这时候,娘会扬起竹竿
轻轻地敲,敲落自己两颗松动的门牙
惊飞,一对花喜鹊

娘走后,枣花开得一年比一年少
枣园、树冠,也逐渐萎缩
只见树荫下,我那贪嘴的童年
依然站在原地不动,紧紧地
拉扯着娘的衣角

第九章　一袋小米

对　弈

匍匐辕门外，成了阵前御敌的卒
三更卸甲，五更起床
为全军老少爷们，担水，劈柴
生火，早炊，我步步为营

直忙到长河落日，不见战事
有人闲聊，有人哼曲
还有几个运筹帷幄的人在河边练太极
晕头转向的我，还在给老将军们
擦脸，捶背，倒茶递水

困在楚河汉界，不知进退
面对虚度的光阴，我有些举棋不定
如身陷淤泥，越挣扎越沉
何时，杀出重围

月光下，我与自己的影子相互对峙
到底鹿死谁手，或者玉石俱焚
至今，难定输赢

在夜色中行走

暮色垂下来,月亮记错了方向
风紧一阵慢一阵,仿佛在等
走夜路的人

我在一张白纸上溜达,顺便收集一些
黑色的素材,但词语金贵
描出回眸一笑,却漏画
一双可人的酒窝,和飘飘的长发

猫闻到夜的腥味,跳上了窗台
它用自带的夜视镜,咔嚓
摄下对岸忽闪的渔火

在这伸手不见五指的夜晚,我在寻找
虚度的年华,若能遇到昙花
不算意料之外,我不忍看它一瞬的绽放
只想知道,如何凋零成我的忧伤

第九章　一袋小米

丹桂飘香的夜晚

那片知秋的叶子，喝醉了
满脸通红，它抱紧石头上的青苔
头枕着秋风，睡意正浓

天上的大雁，和地上的行人
擦肩而过，一个向南寻找鲜美的水草
一个往北笑迎风霜，我徘徊在
他乡的十字路口
等，开往故乡的火车

晚风，梳理我凌乱的头发
摇醒路边的草木，一只粉红的蝴蝶
侧身飞来，送我丹桂的芬芳
绷紧的神经，瞬间舒缓

顺着风向，我的目光穿过灯火阑珊
遥望城外的远山，如望见
矗立村头的老母亲，捧着桂花糕

瞻仰无名烈士墓

每当军号响起,那块
刻着五角星的墓碑,就会转过身来
面向太阳,列阵,挺立

野火烧焦的坟头草,高举新绿
见证狼烟四起的老柏树,像健在的将军
在风中挥手致意,向着碑石三鞠躬

此刻,云不再涌动
雨悬在半空,朝霞染红了半个天幕
大地颤抖,似乎传来隐秘的雷声

我们,不知道他们姓甚名谁
只知道他们心有信念,哪怕舍弃生命
也要匡扶正义

军旗猎猎,落下几只白色的鸽子
我们,列队烈士墓前
一个个热血奔涌,仿佛踏上了征途

一袋小米

红丘陵出产的这袋小米
与陕北延安的小米是过命的兄弟
与太行山的小米扛过汉阳造
与江西瑞金的小米穿林海打游击

他与一双草鞋结伴
用血肉之躯丈量大半个中国
爬雪山啃雪过草地啃草
打着绑腿跑赢敌人的飞机大炮
走进南泥湾开荒种地
开辟一片自力更生丰衣足食的艳阳天
伸展葱绿的枝叶

如今他在故乡的地头
笑看变幻的风云
胸前几枚金质的勋章不说话
只有卡在后脑勺的旧弹片依然记得
那段激情燃烧的辉煌岁月

郑州抗洪英雄赞

晴天霹雳，一座山颤了一颤
一座城，陷于泽国
恐惧，涌入郑州的隧道
死亡，逼近地铁口

暴风骤雨，雨往高处泼
洪水漫过黄河的堤坝，直抵郑州城头
星光暗淡，掐熄了万家灯火

灾情就是号角，子弟兵千里驰骋
炸坝泄洪，四面八方
都向着郑州，伸出了援手

此刻，救生衣在浪尖上不停地穿梭
铲车成了诺亚方舟，一个大嗓门
砸开无数的车窗，此刻
攥紧的拳头，只有一个解困救命的念想

总有屹立不倒的树，为尘世遮挡风雨
且看郑州，挺立千万个平民英雄

第九章 一袋小米

共庆建党 100 周年

锣鼓声中,我们迎来党的华诞
历经多少风雨,踏平坎坷
将乾坤扭转,把人民
把能载舟可覆舟的亿万子民
捧在掌心,奉为主人

把那个饥寒交迫的旧中国,变成
幸福美满的家园
居者有其屋,耕者有其田
航空母舰入海,宇宙飞船遨游九天
从此,天上地下
都有人为我们打点

我们何其有幸,生在华夏
长于盛世,不经战乱
也不缺衣食,共享国泰民安
我们由衷地感恩,感谢祖国的庇护
见证,激情燃烧一百年